I0735325

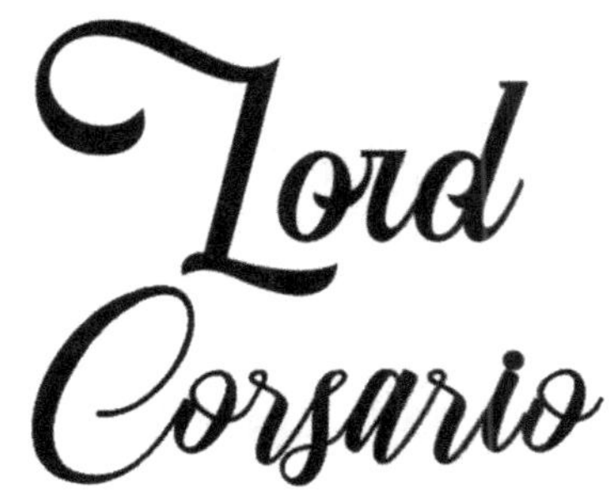

Lord Corsario

SERIE
LORES MALDITOS 7

SYDNEY JANE BAILY

cat whisker press
Boston

cat whisker press, Boston, MA
1º Edición Impresa en español
Copyright © 2022 Sydney Jane Baily
Traductora: Helena Ramos

ISBN: 978-1-957421-20-9

Título original: Lord Corsair
©2019 Sydney Jane Baily

Gracias por comprar esta novela

Dedicatoria

A Janet, de soltera, Baily, Wilson
Si hubiera una medalla por la amabilidad, la consideración y el hecho de ser una tía estupenda, te la otorgaría.
Te quiero.

Agradecimientos

Doy las gracias de corazón a mi propio Philip, que me escucha tanto si hablo de la trama como de los personajes, de los detalles de las velas de los barcos o de la historia de los piratas, que es el mejor regalo del mundo.

Y doy las gracias a mis lectores. Me encanta escucharos. Cada vez que me decís que os ha gustado una de mis historias, es como recibir un cálido abrazo.

Capítulo 1

1851, Bahía de Bias, Mar del Sur de China

Philip Carruthers saltó a la cubierta del barco pirata chino, dejando que sus hombres aseguraran el pequeño junco[1] de dos mástiles mientras él se dirigía al camarote del capitán en la popa. Tenía un premio que obtener, aunque para ello debía que luchar contra más piratas de los que le interesaban.

«Demasiados malditos piratas», pensó, mientras dos hombres se abalanzaban sobre él.

«Y usted eres uno de ellos», le respondió una voz en su cabeza que sonaba como la de su hermano gemelo, aunque este estaba muerto.

Sin embargo, con su revólver pimentero en una mano y una espada en la otra, Philip creyó que sus posibilidades eran buenas, y despachó con rapidez a ambos piratas al fondo del mar.

---

[1] Especie de embarcación pequeña usada en las Indias Orientales.

Desde el accidente de carruaje que acabó con la vida de su hermano Robert, Philip seguía oyéndolo en su cabeza como la voz de la razón.

Aparte de eso, lo único que le quedaba de él era un…

—¡*Arrg*! —gritó Philip mientras derribaba la puerta del camarote del capitán pirata. Este se había quedado en cubierta, enfrascado en una batalla con la tripulación de Philip, si no estaba ya atado o muerto.

Philip esperaba encontrar en el camarote el tesoro que llevaba buscando dos largos años.

Al atravesar la puerta, vio dos cosas. La primera, una mujer levantándose del catre con el pelo revuelto, un vestido harapiento y una expresión de terror en su rostro. La segunda, también sobre el catre, una pequeña caja lacada en rojo, con correas de cuero alrededor para mayor seguridad. Era como si el capitán pirata hubiera reunido todo lo importante en un solo lugar.

¡Qué ordenado!

Philip se detuvo en seco. Esperaba encontrar eso último, pero no a una mujer blanca, en la bahía de Bias, y en un junco pirata chino.

¿Qué demonios? ¿Era la amante del capitán?

—¿Quién es usted? —preguntó él, levantando su arma hacia ella.

—Beryl Angsley —dijo la mujer de manera uniforme. Su miedo parecía haber disminuido ya que él no la había matado al instante—. Soy la hija de lord Harold Angsley.

La hija de un par. Ella lo dijo como si se presentara en un baile.

¡Cristo!

Philip sacudió la cabeza y envainó su espada. Este no era su día. En primer lugar, estuvo a punto de perder el barco que había estado persiguiendo dos semanas enteras. Con la luz menguante, el junco estuvo a punto de pasarle por encima y salir a aguas abiertas, donde seguramente lo habrían perdido. Luego, algunos de los piratas, cobardes o astutos, se habían escondido detrás de barriles en la cubierta del junco, en lugar de entablar una batalla honesta en el momento en que los hombres de Philip los abordaron.

Así, él había visto a un miembro de su tripulación perder una mano ante sus ojos por el ataque sorpresa.

¡Perder una mano por unas joyas! ¡Maldita sea!

Al menos, el hombre no había perdido la vida. Philip se enorgullecía de no haber perdido a ninguno de sus tripulantes desde que partió de los muelles de Londres dos años antes, ni por deserción ni por fallecimiento. Su objetivo, además del contenido de la lustrosa caja, era llevar a la tripulación del Robert de vuelta con sus seres queridos sana y salva, y no volver a casa para darles terribles noticias a viudas y huérfanos. Consideraría un fracaso personal perder incluso a un solo hombre.

Ahora, tener que cargar con una inglesa, aquí, al otro lado del maldito globo, en el Mar de la China

Meridional, tenía que ser un golpe de la peor suerte. Porque Philip no podía abandonarla allí.

—¿Es una prisionera?

Ella asintió.

—A partir de este momento es simplemente, Beryl Angsley, la hija de nadie en particular.

Ella abrió la boca —una muy bonita, además— quizá para protestar, pero él la interrumpió.

—Cuanto más alto sea su estatus social, cuanto mayor sea el valor de su rescate, más peligro correrá. Incluso entre mi propia tripulación.

Philip estaba perdiendo un tiempo valioso. Se encontraban en aguas infestadas de piratas y otros juncos, bajo el liderazgo de Chui-A-poo, que con toda seguridad navegaban hacia ellos en ese instante. Y su propio barco, un veloz y pequeño clíper, se había quedado con una escasa tripulación hasta que él asegurara este barco y volviera al suyo con los hombres que había traído, lo que significaba una vulnerabilidad de la peor clase.

Sin embargo, una vez a bordo, el Robert podría navegar con más rapidez que cualquier embarcación.

Philip centró su atención en el otro objeto, el tesoro por el que había arriesgado su vida y su integridad física, la pequeña caja que seguía sobre el catre. El recipiente no necesitaba ser muy grande para contener lo que él buscaba. Era justo como se la habían descrito una noche oscura en una taberna de Ningbo, al sur de Shanghai, un mes antes.

Sin embargo, tenía que estar seguro. Mientras Philip se acercaba a ella, la mujer se escabulló a un lado y lo rodeó. Incluso cuando él se agachó para coger la caja, la vio de reojo dirigirse hacia la puerta astillada.

—No salga ahí —dijo él sin mirar.

Ella se detuvo.

—Significaría su muerte, y no una muerte limpia, se lo aseguro.

Philip sacó el cuchillo de su bota, cortó las correas de cuero con rapidez y abrió el intrincado cierre de metal. Después, levantó la tapa para comprobar el interior. Desde un lecho de satén negro, un collar de rubíes, diamantes y perlas grises le guiñó el ojo a la luz de las lámparas del camarote. El hombre de Ningbo no le había mentido.

Había sido una larga cacería para recuperar las joyas de la duquesa de Sutherland, robadas de manera inverosímil de sus aposentos en el palacio de Buckingham. Cuando volviera a Gran Bretaña, Philip recibiría una generosa y merecida recompensa.

Philip guardó la caja en un saco que colgaba de su hombro y se volvió hacia la señorita Angsley. «No tenía elección», se recordó a sí mismo. Era una inglesa.

—Vamos.

Ella frunció el ceño, y él notó que eso no estropeaba ni un poco sus encantadoras facciones.

—Pero usted dijo que no saliera —protestó ella.

—No sin mí. Mis hombres están alterados por la lucha y en alerta máxima. Deje que le allane el camino, quédese cerca y estará bien.

—¿Usted es el capitán? —¿Había duda en su tono?

—Sí.

—Por su acento, de la Armada Británica, supongo…

—Por desgracia, no. Dirijo un barco privado por contrata.

—¿Ha dicho privado o pirata?

—Es lo mismo —murmuró él. Acto seguido, la cogió de la mano y tiró de ella para dirigirse a la cubierta.

Le gustaría poder decirle que mantuviera los ojos cerrados porque se estaba desarrollando más de una escena desagradable, pero no podía. Lo único que podía hacer era llevarla a su barco enseguida y ponerla a salvo en su camarote.

Su aparición en cubierta causó una conmoción. Los piratas chinos lanzaron un grito, probablemente por la pérdida de su prisionera, y su propia tripulación comenzó a murmurar a su paso. De pronto, la violencia parecía haberse disipado. Nadie quería rebanar un cuello y que la sangre saliera disparada por todas partes en presencia de una mujer, si podía evitarse.

O eso pensaba él. El capitán pirata, un hombre que se enfrentaría a la ira del líder de la flota, Chui-A-poo, luchaba contra sus ataduras, gritando a sus hombres que «salvaran las joyas», las únicas palabras en chino que Philip entendió.

Entonces, no era la pérdida de la dama lo que había causado el alboroto, sino la suposición del capitán pirata, bastante correcta además, de que Philip había encontrado la caja lacada en rojo. Algunos de los piratas chinos siguieron luchando y redoblaron sus esfuerzos ante los gritos de su capitán.

—¡Muévanse con rapidez! —ordenó Philip a sus hombres—. Hay más juncos en esta bahía que ratas en una barcaza.

Chui-A-poo, un líder pirata desesperado y con un precio por su cabeza al haber matado brutalmente a dos oficiales ingleses, tenía cincuenta barcos bajo su mando. Ahora que había perdido el inestimable collar de la íntima amiga de la reina Victoria, Chui sería un hombre muy peligroso.

Philip cruzó la cubierta zancadas, sin perder de vista a Leo, que casi siempre le acompañaba cuando abordaba un barco. Al ver la esponjosa cola naranja del robusto gato que corría hacia él, Philip condujo a la señorita Angsley más allá de las velas rectangulares arriadas del junco, al que él admiraba por su velocidad y control superiores. Los piratas las volverían a izar en un abrir y cerrar de ojos, pero confiaba en que su clíper podría dejarlos atrás.

Por supuesto, podía ordenar la muerte de un número suficiente de piratas para inutilizar el barco, pero no era su estilo.

Lo llamaban Lord Corsario, no Barbanegra, por el amor de Dios.

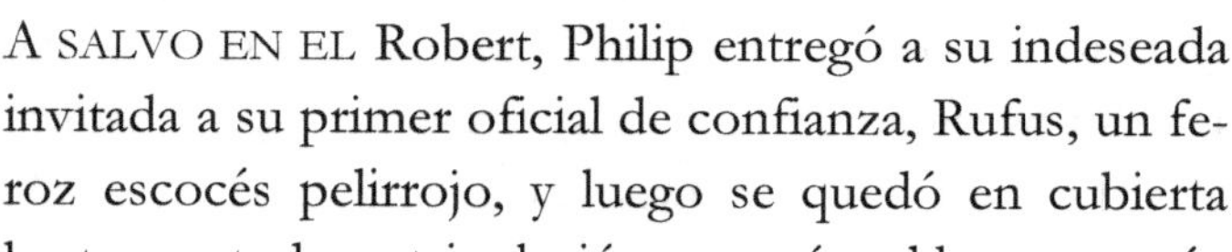

A SALVO EN EL *Robert*, Philip entregó a su indeseada invitada a su primer oficial de confianza, Rufus, un feroz escocés pelirrojo, y luego se quedó en cubierta hasta que toda su tripulación regresó y el barco zarpó.

—¡Todos! ¡Aproar al viento! —ordenó a su tripulación—. Salgamos de aquí.

—¡Izad las velas! —gritó Bantam, el capitán de vela, y entonces se pusieron en marcha.

Dejando atrás el junco chino en la tenue luz del atardecer, Philip no se relajó ni dejó de escudriñar las aguas hasta que dos horas y unas cuarenta millas náuticas le separaron de Bias Bay. Se dirigían hacia el sur, hacia el puerto de Hong Kong, sin otras velas a la vista y, al ritmo actual, llegarían antes de la medianoche.

Con el saco aún a la espalda, Philip abandonó el alcázar para dirigirse a su camarote en la popa. Según sus instrucciones, Rufus había llevado allí a la señorita Angsley, ya que ningún otro lugar a bordo del barco era adecuado para una dama, además de ser el más seguro para la que Philip esperaba que fuera una corta estancia.

Con una sola lámpara encendida, ella yacía en su catre, completamente vestida, con los ojos cerrados, al parecer, durmiendo con las manos juntas sobre el pecho como la estatua yacente de una iglesia.

Philip dudó qué hacer.

Cerrando la puerta sin hacer ruido, supuso que debería despertarla, hacerle algunas preguntas, determinar si tenía familia en China y luego decidir la forma más conveniente de sacarla de su barco.

En lugar de eso, la dejó dormir. Por Dios, él también estaba agotado. Mientras ella dormía, él también podría hacerlo. En silencio, apartó la lata llena de balas de plomo para su revólver y bajó lentamente su saco a la mesa, apoyándolo en las cartas que ya estaban allí. Luego se sentó en su cómodo sillón y puso las piernas sobre la mesa.

Inclinó la cabeza hacia atrás y cerró los ojos, sabiendo que podría caer rendido en un minuto o tal vez menos.

El vigía le avisaría a la primera señal de peligro. De lo contrario, el Robert echaría el ancla en las aguas británicas y patrulladas que rodean la isla de Hong Kong, un premio ganado con facilidad por la Reina Victoria.

Beryl se despertó con una sensación de pánico tras un sueño agitado y lleno de pesadillas. Supo de inmediato que estaba en un barco por el olor inconfundible de un camarote cerrado, por el sonido del agua que golpeaba el casco y por el suave movimiento de balanceo, por supuesto.

Sin embargo, ya no estaba a bordo del junco, con todo el mundo hablando con rapidez en un idioma que ella no había podido entender desde que llegó a Oriente dos meses atrás.

La verdad era que no poder comunicarse, ni siquiera para pedir hacer sus necesidades, había sido la parte más aterradora de su anterior calvario con los piratas chinos.

No podía decir dónde se encontraba ahora con exactitud, aunque esperaba que siguiera en el Mar del Sur de China. Lo único que sabía con certeza era que su padre estaría muy preocupado, ya que debían de haber pasado tres días desde su secuestro. También sabía que estaba en el camarote al que la habían llevado la noche anterior, espacioso, pero escasamente amueblado.

Entonces oyó un suave zumbido. Por un momento, cerró los ojos y fingió que estaba en su casa, en Inglaterra, en la campiña de Bedfordshire, viendo cómo las abejas se posaban en las flores. Tardó un segundo en darse cuenta de que alguien roncaba cerca de ella. Al abrir los ojos de nuevo, levantó la cabeza y vio a un hombre en el otro extremo del camarote, donde había una mesa y sillas.

Bien. Los ronquidos significaban que él estaba durmiendo, lo que significaba la posibilidad de escapar. Porque aunque había estado aterrorizada y cansada cuando la rescataron del barco chino, recordaba que su salvador había dicho que no pertenecía a la Armada de la reina. Por lo tanto, probablemente se encontraba en otro barco pirata.

Su esperanza ahora era que este estuviera atracado. De lo contrario, ella se arrancaría el vestido, ya rasgado y estropeado, y nadaría hasta la orilla, si es que estaba a la vista.

¿Qué otra opción tenía?

Beryl sacó las piernas del catre, puso los pies en el suelo y se levantó. Al instante, con una sensación de vértigo, se dejó caer de nuevo en el jergón. El balanceo del barco no la afectaba tanto como la falta de comida y las largas horas en el junco con el corazón acelerado, mientras el terror había sido su compañero constante.

El hombre que la había acompañado al camarote la noche anterior, un marinero de barba roja y voz suave, le había dado agua cuando ella se la pidió. Con la boca de nuevo seca y el mareo persistente, Beryl quería más agua, así como hacer sus necesidades, y esperaba desesperadamente que hubiera alguna opción mejor que un orinal.

¡Maldición! ¡Era difícil pensar en cómo escapar teniendo tanta sed y ganas de usar el retrete!

Con más lentitud, Beryl volvió a ponerse en pie y, levantando sus faldas deshilachadas para no tropezar, comenzó a arrastrarse por el camarote. Por supuesto, la puerta tenía que estar al otro lado del hombre que roncaba, al que ahora reconocía como el capitán que la había sacado del junco pirata.

El camarote era más largo que ancho, y conteniendo el aliento como si eso la hiciera más pequeña y silenciosa, casi había pasado junto a él cuando su brazo salió disparado y la agarró de la muñeca.

¡Capturada de nuevo!

Capítulo 2

—¡*Ayyyyy!* —gritó Beryl, tirando con fuerza para alejarse.

Para su sorpresa, él la soltó tan rápido que ella se estrelló contra la pared del camarote.

Al instante, Beryl se levantó.

—¿Está herida?

Ella negó con la cabeza. Solo se le había cortado la respiración y se había llevado otro susto que se sumaba a todos los demás que había experimentado, eso era todo. Empezaba a odiar los viajes. Más de una vez deseó volver a Inglaterra con su madre y sus cinco hermanos pequeños. Aunque emprendiera el camino de regreso mañana, pasarían meses antes de llegar a Londres.

—¿Adónde cree que va? —le preguntó el capitán.

Encogiéndose de hombros, ella le dijo lo primero que se le pasó por la cabeza.

—A buscar un retrete.

El hombre alzó las cejas sobre su rostro bronceado. Tenía el cabello oscuro, demasiado largo para que Beryl lo considerase una compañía civilizada. Ella habría pensado que su pelo era de color negro de haber estado en Inglaterra. Pero aquí, entre los chinos con su brillante cabello de ébano, diría que el del capitán era del más profundo y rico de los castaños.

Sus ojos también eran extremadamente oscuros, pero no eran desagradables. Además, hablaba su idioma, así que, pirata o no, Beryl debía considerar que estaba mejor que el día anterior.

—Ahora —añadió ella, sintiendo que se sonrojaba.

El capitán abrió los ojos de par en par. Quizá era la primera vez que una mujer pronunciaba esas palabras a bordo de su barco.

—Por supuesto —dijo él. Luego señaló una puerta estrecha en la que ella no había reparado—. Por suerte, tengo uno propio. Es bastante rudimentario, pero mi tripulación utiliza un agujero junto al bauprés, así que...

Si ella lo había entendido bien, más le valía no quejarse, o estaría en cubierta buscando el misterioso bauprés.

—La dejaré a solas —ofreció él, lo que a ella le pareció más que generoso—. Solo tiene que tocar la puerta del camarote cuando haya terminado, y volveré a entrar.

—¿Soy una prisionera, entonces?

Él le tomó la medida con sus ojos oscuros.

—No, señorita Angsley, pero usted es mujer, una muy hermosa en un barco de hombres que no han catado una tacita de té en mucho tiempo, si puedo ser franco.

Philip pensó que no había sido lo bastante claro, ya que ella tardó un momento en comprender que eso era una forma elegante de decir... ¡Oh! Beryl entendió al fin que a lo que él se refería no tenía nada que ver con beber té o romper la porcelana fina, y se sonrojó aún más. Y la había llamado hermosa. No era tan mal pirata, después de todo, a pesar de que su cabello desordenado y sus mejillas sin afeitar le daban un aire desaliñado.

—Será mejor que se quede en mi camarote hasta que decidamos qué hacer con usted —declaró él.

¿Qué haría con ella? Beryl quería discutirlo de inmediato, pero no podía esperar ni un instante más. Asintió con un gesto, se dirigió al retrete con rapidez y se encerró en él.

Unos minutos después, sintiéndose muy aliviada y un poco avergonzada, volvió a entrar en el camarote del capitán. Parecía que él intentaba protegerla, aunque ella se sentiría mejor si tuviera un arma propia.

Beryl miró a su alrededor y vio que la pistola de ese hombre estaba sobre la mesa, pero se estremeció. ¿Cómo iba a saber usarla?

También había una espada, pero no podía imaginarse atravesando a alguien con ella o dándole un tajo.

Anoche había visto ambas cosas en la cubierta del junco mientras su salvador la alejaba de allí, y las terribles escenas se habían reproducido en sus sueños durante toda la noche.

Al ver un candelero, lo cogió. Esto era mejor. Hecho de latón, podía sostenerlo por el extremo largo y darle a alguien un buen golpe en la cabeza con la pesada base.

Beryl practicó balanceándolo unas cuantas veces. Sí, funcionaría si podía ocultarlo de alguna manera.

Volvió a intentarlo y levantó el candelero por encima de su cabeza. Cuando la puerta se abrió, se giró.

—¿Qué demonios está haciendo? —El capitán llevaba una bandeja de comida, y ella bajó lentamente el candelero, volviéndolo a colocar sobre la mesa.

—Me estaba protegiendo.

El rostro de él se convirtió en una sonrisa, y a ella se le cortó la respiración. Ya era guapo, pero cuando sonreía, era hermoso.

—¿Es un pirata? —preguntó ella sin preámbulos.

—No, señorita Angsley. Soy un corsario, lo que significa que tengo una patente de corso[2] de la propia reina.

—¿Por qué no está en la Marina Real?

---

[2] Documento entregado por las autoridades de un territorio, por el cual el propietario de un navío tenía permiso de la autoridad para atacar barcos y poblaciones de naciones enemigas. De esta forma, el propietario se convertía en parte de la marina del país.

Él dejó la bandeja junto al candelero, apartando una gran lata.

—No es que sea de su incumbencia, pero si estuviera en la Marina Real, ciertamente no sería capitán, y la paga no es tan buena.

Él volvió a sonreír, y Beryl notó que su dentadura era perfecta.

—¿Tiene hambre?

—Sí, mucha —le respondió ella. Antes de que pudiera inspeccionar la bandeja, un destello de color naranja entró corriendo por la puerta abierta, recorrió el largo camarote, saltó al catre antes de volver a saltar, y finalmente se acercó a frotarse contra las piernas de Beryl.

—Me preguntaba dónde estabas —dijo el capitán mirando al gato, de patas más bien cortas. Luego miró a Beryl—. En realidad, no me lo preguntaba, solo bromeaba con él.

Ella asintió. ¿Bromear con un gato? Tal vez el hombre estaba loco por el exceso de agua salada. Había oído que eso podía ser un problema. Solo había otra silla en la mesa, además de la que él había dejado libre y, cuando Beryl iba a tomar asiento, el capitán la retiró para ayudarla a acomodarse.

«Un caballero», pensó ella. Cuando iba a acercarse la bandeja, el gato saltó de repente a su regazo.

—¡Oh! —exclamó, al ver que el felino la observaba con sus ojos dorados. ¿Qué podía hacer ella, sino acariciarlo desde su suave cabeza, bajando por su robusto cuerpo hasta su esponjosa cola?

—Es la primera vez… —murmuró el capitán.

—¿Qué? —preguntó ella mientras el animal comenzaba a ronronear con fuerza.

—Leo suele ser un poco huraño.

Beryl se encogió de hombros, sorprendida. Nunca había tenido un tacto especial con los animales, nada fuera de lo común. No como su mejor amiga, Eleanor, que parecía brillar cuando estaba rodeada de patos y ovejas, o cualquier otra cosa que encontrara en la naturaleza.

Sin embargo, por muy gratificante que fuera ser honrada por la atención del gato, Beryl estaba hambrienta y, por fin, acercó la bandeja.

—No quiero ser grosera, pero ¿qué es eso? —Señaló lo que parecía una galleta, pero más gruesa y gris.

—Eso está ahí para asustarla —dijo el capitán, y ella lo miró fijamente.

—Era una chanza, señorita Angsley. No tenemos pan porque se estropea demasiado rápido. Eso es una galleta marinera, es seca e insípida, y solo sirve para mojar en la sopa o para mantener los dientes limpios, pero llena. Sin embargo, esto de aquí debería ser más reconocible —dijo él, levantando un paño de encima de los otros platos—. Las mejores gachas y huevos del cocinero.

—¿Huevos? Pero cómo...
—Tenemos gallinas a bordo.

Beryl asintió con un gesto mientras su estómago gruñía lo bastante fuerte como para ahogar el ronroneo del gato naranja. Sabía que no podría decir otra palabra hasta que hubiera comido. Al comenzar a hacerlo, se dio cuenta de que el capitán volvía a sentarse y tomaba una de las dos tazas de té de la bandeja.

Desde luego, no era como la cena de primera clase que había tenido en el buque de la Marina Real en el que ella y su padre habían zarpado de Inglaterra. No importaba. Según tragaba un bocado tras otro, empezó a sentirse mejor.

Cuando devoró hasta la última migaja, tratando de no dejar caer ninguna sobre la cabeza del gato, sin conseguirlo, buscó el té.

—Ehhh… —dijo el capitán—. Vete, minino —añadió a la vez que se le daba un empujón al gato para que saltara. Leo se detuvo solo el tiempo suficiente para sisearle antes de lanzarse hacia el catre, acurrucarse y dormirse.

—Parece que no usted le gusta —observó Beryl.

El capitán se encogió de hombros.

—Solo es mío por casualidad.

Ella esperó, pero él no dijo nada más sobre ese asunto, así que decidió centrarse en otro más importante.

—¿Dónde estamos atracados?

—Estamos anclados, no atracados, en el canal de Tunglung, concretamente en lo que llamamos Rocky Bay.

—¿Es un lugar peligroso? —preguntó ella, haciendo una pausa al sorber el té, que estaba delicioso, como era natural, ya que estaban en el corazón del lejano Oriente, productor de té.

—¿Se refiere a las rocas o a los contrabandistas de opio? —preguntó el capitán—. La respuesta es sí en ambos casos —explicó de todos modos—, pero sabemos dónde están las rocas y podemos dejar atrás o rechazar a la mayoría de los contrabandistas. Ese candelero no la ayudaría en ninguno de los dos casos.

—El candelero no era para defenderme de lo que rodea este barco, sino para lo que hay en él. No tengo ni idea de si he pasado de una situación mala a otra peor. —Fue al grano—. Si usted no es un pirata, entiendo que no soy una prisionera. ¿Me llevará a tierra?

Él hizo una pausa, lo que a ella no le pareció una buena señal.

—Eso depende. ¿Qué está haciendo usted en China, o en el Gran Reino Qing, como lo llaman aquí? Y no me diga que trata de imponer su religión británica a esta gente. A ellos les va bien adorando a Buda o a Confucio, o con cualquier otra de sus creencias. No necesitan...

—No hay ninguna «religión británica», capitán —lo interrumpió Beryl—. En cualquier caso, no soy una misionera. Soy la hija de un diplomático. Desde el Tratado de Nanking, debe saber que la reina envía a sus representantes a un lado y a otro todo el tiempo, sobre todo, mientras el emperador Qing esté siempre refunfuñando respecto a los términos del tratado. Vine en un barco de guerra real, con mi padre y un puñado de otros diplomáticos para calmar las cosas.

—Dice la palabra diplomático como si fuera mágica —comentó él—. Sin embargo, ha habido mucho derramamiento de sangre antes y después de que los diplomáticos hicieran su trabajo.

Ella frunció el ceño. ¿Estaba insultando a su padre? No estaba segura.

Él dio un sorbo a su té, con aspecto pensativo.

—Si la gente dejara de tirar cosas en los puertos… Como los americanos con nuestro té en Boston y luego el administrador de Qing con nuestro opio en el puerto de Cantón. Ese desprecio de los bienes británicos solo hace que el peso de la corona caiga sobre los perpetradores.

—No sé nada sobre Cantón, capitán, pero a los americanos parece que les dio resultado arrojar nuestro té a las aguas del Atlántico.

—Cierto, pero si a los chinos les hubiera ocurrido lo mismo, ¿habría que llevar en un buque de guerra británico totalmente armado?

—Muy bien… —Aunque Beryl sabía que el buque de guerra era para su seguridad y la de los diplomáticos a bordo, no había pensado en por qué había que mantenerlos a salvo ni de quién—. ¿Volvemos a los hechos que conozco? Pisé tierra firme hace poco más de dos meses en Stanley... ¿Estoy cerca de Stanley?

Él negó con la cabeza.

—Después fuimos por tierra a Victoria Town, en el norte de la isla de Hong Kong —dijo ella—. ¿Estoy cerca de Victoria? —volvió a preguntar.

Una vez más, él negó con la cabeza.

Beryl pensó que su padre debía de estar desesperado.

—Hemos pasado dos meses en China —dijo ella—. Mi padre se reunió con muchos administradores manchúes, e incluso fuimos juntos al continente, a Pekín. Vi la Ciudad Prohibida desde fuera. ¿La ha visto usted?

—No. No he visto mucho más allá de la costa.

«Qué pena», pensó ella, y se lo dijo.

—Mi padre entró en el palacio para visitar a los manchúes. Era muy bonito. Hace poco, viajamos a Nanjing, en la provincia de Jiangsu, a causa de la rebelión Taiping. ¿Ha oído hablar de ella?

Él asintió con la cabeza.

—Nuestra reina pensó que tal vez un diplomático británico podría ayudar a evitar el derramamiento de sangre, como usted mencionó.

—¿Quiere decir que los asesores de la reina Victoria desean mantener el país estable para los manchúes, para que Gran Bretaña no pierda terreno en su comercio de opio? Una guerra civil podría causar una interrupción en la venta de opio al pueblo chino.

¿Se trataba de eso? Para ella, había sido solo una oportunidad de pasar tiempo con su padre y comprar seda y perfume de primera calidad, diferente a todo lo que tenían sus amigas en casa. Además, estaba disfrutando de sus últimos meses de libertad antes de casarse con su vizconde. Más bien, lo había estado disfrutando hasta que fue secuestrada.

—Naturalmente, fuimos por la ruta costera a Nanjing, debido a la marcha de los Taiping en la zona. Era más seguro —dijo Beryl—. Creo que mi padre piensa que es una causa perdida, por lo que llevará la noticia a la reina de que la guerra es inminente entre los pueblos chinos. Acabamos de llegar a la isla de Hong Kong hace unos días. Apenas pude sentir que la tierra dejaba de rodar debajo de mí cuando me arrancaron de la calle a la vista de los soldados británicos, o lo habrían hecho si todo no hubiera estado negro como la brea.

—¿Por qué estaba tan oscuro? —preguntó él.

—Porque tenía un saco sobre mi cabeza, por supuesto. —¿No estaba escuchando su historia sobre su secuestro?—. Lo siguiente que supe fue que estaba en una especie de carreta y luego en un pequeño bote, creo que dos hombres remaban, y luego fui arrastrada a bordo del junco chino donde me encontró. Se supone que volvíamos a casa hoy, o tal vez fue ayer.

—Ha tenido una gran aventura, señorita Angsley. Me alegra saber que su padre está cerca, probablemente buscándola junto con la mitad de la Marina Real. Navegaremos hasta el puerto de Stanley y la desembarcaremos allí. Dudo que su padre haya abandonado el lugar, con usted desaparecida.

—Le estaría muy agradecida por ello, capitán. Acabo de darme cuenta de que ni siquiera sé su nombre.

—Capitán Philip Carruthers, a su servicio.

Beryl dejó su taza sobre la mesa.

—¿Será posible que esté emparentado con la familia Carruthers, la cual perdió un hijo en un accidente de carruaje? Parece una coincidencia demasiado extraña, si es así.

Ella notó que su mandíbula se había aflojado.

Capítulo 3

Philip se levantó despacio. Había recorrido catorce mil millas para que nunca le recordaran el fatal accidente de su hermano. Excepto, por supuesto, por Leo.

Ella se estremeció, y Philip se dio cuenta de que estaba inclinado sobre ella. Se enderezó y recorrió la longitud de su camarote, lo que solo le llevó unas seis largas zancadas, hasta llegar a su catre.

Miró al gato, el gato de Robert, y dejó que el zumbido de sus oídos se calmara antes de volverse hacia ella.

—Por extraña que sea la coincidencia, señorita Angsley, de alguna manera usted sabe de mi familia y de nuestro doloroso pasado. Sin embargo, no deseo hablar de ello.

—Muy bien —concedió Beryl—. No lo discutiremos más.

Philip vio que ella apuraba la taza de té y luego miraba el fondo, como si esperara que no estuviera vacía. Él le traería más té para poder escapar de la habitación, donde de repente Robert había sido conjurado.

En cualquier caso, la maldita mujer era tan parlanchina como una urraca. Acababa de conseguir detener su largo y farragoso relato de sus meses en China, para descubrir que conocía a su familia en Inglaterra. Sin embargo, Philip dudaba que ella pudiera contener su lengua, ya que no había dejado de moverla desde que abrió los ojos.

Y, efectivamente, volvió a hablar.

—Le ofrezco mis condolencias —dijo Beryl—, porque parece que todavía está afligido.

Su dolor solo era su asunto suyo, pensó Philip.

—Gracias por su simpatía, siempre y cuando no hablemos más de ello.

—Por supuesto que no —dijo Beryl, apartando su silla de la mesa y poniéndose de pie—. Lo entiendo perfectamente.

Cuando ella se acercó a él, con actitud poco cooperativa, él habría retrocedido de haber podido, pero no había ningún lugar al que ir.

—Ciertamente, no hablaremos ni una palabra más sobre esto —repitió Beryl, a la vez que extendía la mano y acariciaba la cabeza del gato del hermano de Philip. Si él se hubiera atrevido a intentar lo mismo, habría retirado una mano arañada y sangrante. Sin embargo, a Leo parecía gustarle ella, ya que ronroneaba alegre.

«Traidor», pensó Philip mirando al animal, que se estiraba lánguidamente bajo el tacto de ella. ¿Es que no tenía ratones o ratas que cazar abajo?

—Sí, creo que hemos llegado a un acuerdo —aceptó él.

Beryl lo miró y asintió.

—Excepto que solo pensaba contarle cómo mi familia se vio afectada por el terrible incidente —dijo ella—, no que fuera a hablar más de ello.

Y no lo hizo. Beryl apretó los labios y acarició al gato, e incluso se sentó de nuevo en su catre, sin decir nada, salvo unos murmullos de cariño hacia Leo.

Philip la miró fijamente. A pesar de llevar un vestido hecho jirones, a pesar de que su pelo, antes elegante, se había deshecho y tenía dos trenzas sueltas colgando por la espalda, a pesar de tener un poco de mugre en la cara, era, como él había dicho antes, una mujer hermosa.

Y ella estaba siendo exasperante a propósito.

Philip suspiró, obligado a preguntar, como ella probablemente sabía que lo haría.

—Muy bien, cuénteme cómo la muerte de mi hermano afectó a su familia. Y sea rápida. Debo ir a cubierta.

Ella lo miró.

—Si está seguro de que quiere escuchar...

Él frunció los labios y asintió.

—Mi primo es John Angsley, el conde de Cambrey —dijo ella.

—Cambrey —repitió Philip, imaginando al instante la cara del hombre que el carruaje de Robert había atropellado, en el mismo instante en que su hermano murió.

—Ya veo. La verdad es que no estoy seguro de recordar su apellido, si pienso en él solo como lord Cambrey.

Ella asintió.

—Por supuesto. ¿Sabe usted que mi primo resultó gravemente herido, con una pierna y un brazo rotos y un terrible golpe en el cráneo?

—Así es —dijo Philip—. Incluso hablé con él antes de salir de Inglaterra.

Beryl abrió los ojos de par en par. Al parecer, ella no lo sabía.

Tampoco sabía que él había estado a punto de hacer algo tan sucio que era digno de cualquier pirata de corazón negro. Philip había pensado en vengarse de la muerte de su hermano arruinando a la prometida del conde. En aquel momento, estaba tan enfadado y herido en su espíritu que quería castigar a alguien, a cualquiera, por la pérdida de su hermano gemelo.

Por suerte, se había dado cuenta de que estaba en una neblina roja de furia fuera de lugar antes de hacer algo imperdonable. Además, la dama era una mujer amable, con la que Philip había pensado que sería más probable que se encaprichara antes que hacerle daño.

—¿Así que es usted la prima del conde? —reflexionó él—. Usted es bastante más joven, ¿no?

—Diez años, de hecho, pero no es de buena educación hablar de la edad de una mujer.

Quizá era cierto, aunque él no tenía práctica respecto a lo que se consideraba o no educado.

—Voy a ver si le traigo más té. —Dejando un margen de maniobra lo más amplio posible, dadas las circunstancias, Philip pasó junto a ella y se dirigió a la puerta.

—¿Voy a quedarme en este camarote, capitán? Pensé que usted había dicho que no soy una prisionera. Me gustaría mucho respirar un poco de aire fresco.

—Siempre está el ojo de buey, señorita Angsley. Se abren con facilidad. Solo no se atasque en él la cabeza.

Con eso, la dejó. Era la primera luz, y algunos miembros de la tripulación estaban limpiando las cubiertas mientras otros revisaban las velas, en busca de rasgaduras. Después de todo, un clíper era rápido en función de sus velas tensas y ajustadas. Traería más té, como un maldito sirviente, pero solo después de consultar con Rufus sobre el mejor curso de acción. Hacía dos años que habían iniciado esta empresa, dos británicos en busca de fortuna y aventura, y él confiaba en su primer oficial y amigo del internado por encima de todo.

Philip lo encontró en la cubierta de popa, sentado en un viejo contenedor de madera para el té y bebiendo café.

—¿Cómo está la mujer? —preguntó Rufus al verlo.

—Hambrienta, sedienta, animosa, extremadamente habladora, a pesar de haber sido capturada y retenida en un junco por unos piratas.

—Ya conoce su código —comentó su primer oficial.

Debido a la famosa y poderosa dama pirata, Ching Shih, que había muerto solo media docena de años antes, los piratas chinos trataban a las cautivas con cuidado. Un trato mucho mejor, suponía Philip, que una mujer, sobre todo una tan encantadora como la señorita Angsley, recibiría de los piratas británicos, aunque ya no había muchos, y menos en estas aguas.

En Oriente no había verdaderos piratas ingleses enarbolando sus banderas de perdición y terror, no como la famosa Legión de Poseidón, cuyas historias había escuchado desde la infancia. En la actualidad, parecía que todo el mundo se comportaba como un pirata, haciendo contrabando de opio, vendiendo a funcionarios chinos corruptos y asaltando barcos mercantes llenos de productos chinos que se dirigían a Inglaterra. Incluso la Marina Real ayudaba al comercio de opio en nombre de Gran Bretaña, aunque el gobierno manchú seguía considerando la droga como prohibida.

—Su padre está aquí por asuntos de la reina —le dijo a Rufus.

—Más bien como nosotros, entonces.

—No es probable. Como diplomático, su padre es, sin duda, un convencido de convertir a toda China en dóciles adictos al opio. Ha sido inmensamente rentable, después de todo.

Su propia misión era diferente. Recuperar el collar de la duquesa era crucial, ya que era casi una cuestión de estado. Que lo hubieran robado era un desastre para la corte, ya que todo y todos deberían estar a salvo en el palacio de Buckingham.

Alguno funcionarios chinos de la dinastía Qing fueron al palacio para hablar con el secretario de Asuntos Exteriores, lord Palmerston, sobre los tratados, que los manchúes consideraban muy injustos, y entonces el maldito collar desapareció.

Incapaz de acusarlos directamente, el ministro de Asuntos Exteriores de la reina necesitaba un corsario para recuperarlo sin ofender a los chinos. Pues aunque los británicos habían derrotado con contundencia a los Qing en la primera llamada Guerra del Opio, ahora colaboraban para librar las aguas de los piratas chinos y japoneses, que interferían mucho con los comerciantes británicos.

Por suerte, tras la muerte de Robert, Philip necesitaba hacer algo tangible y difícil. Su padre, que tenía un nombramiento real como proveedor de lana de la reina, llevó a Philip con él a palacio, y antes de que este se diera cuenta, estaba capitaneando su propio barco con destino a Oriente.

—¿Qué hacemos con ella? —La mirada de Rufus pasó de observar las cubiertas del barco y las tranquilas aguas que rodeaban al Robert a fijarse en el rostro de Philip.

—Su padre puede estar en Stanley, así que supongo que nos dirigiremos allí.

—Retrasará nuestro viaje a casa —señaló su primer oficial—. La tripulación está ansiosa por ver las costas de Inglaterra.

—¿Saben que tengo el collar? —preguntó Philip.

—Es difícil mantener una cosa así en secreto, capitán, pero por ahora, es solo un rumor. Usted subió al junco con un saco. Salió del barco con un saco y una mujer. Cuando su ayudante limpia su camarote, me imagino que la mitad de la tripulación le ha pagado para que mire en el saco y vea lo que hay dentro.

Había habido muchas pistas falsas y muchos abordajes peligrosos tratando de seguir la pista del collar, hasta que en una taberna de Ningbo y un pirata de labios sueltos y adicto al opio mencionaron las joyas.

—Puede que pase un día antes de que todos lo sepan con seguridad, pero cuando eso ocurra, van a querer zarpar hacia casa de inmediato —dijo Rufus.

Philip estaba totalmente de acuerdo con eso. Cuanto antes se pusiera en marcha el Robert hacia Gran Bretaña, antes cobrarían él y sus hombres. Además, el peligro de represalias aumentaría cada día. A medida que más lenguas corrieran sobre el hallazgo del collar, precisamente en la Bahía de Bias, más piratas le pisarían los talones. Si no era Chui-A-poo, entonces sería Shap-ng-tsai. Los franceses podrían querer reclamarlo para su supuesto príncipe, el sobrino de Napoleón, ya que las joyas habían pertenecido originalmente a María Antonieta. O incluso podría aparecer el pirata americano Eli Boggs.

Philip se estremeció, no le gustaba la idea de ser cortado en pedazos y enviado a tierra firme en varios cubos, como Eli solía hacer a modo de una advertencia particularmente espantosa. ¡El cruel bastardo!

—Podríamos entregar el collar a los funcionarios de la reina en Victoria —dijo Rufus.

Philip hizo una pausa y miró fijamente a su primero al mando. El hombre esbozó una sonrisa y ambos compartieron una larga y sincera carcajada. Como si pudieran confiar en alguien más en esta tierra olvidada de Dios…

—Que leven anclas. Navegamos hacia la bahía de Stanley.

—Sí, sí, capitán.

Entonces, Philip suspiró.

—Voy a buscar una taza de té para nuestra invitada no deseada.

—Demasiado tarde —dijo Rufus, señalando con un gesto detrás del capitán.

Philip se volvió. Efectivamente, la señorita Angsley estaba de pie en la cubierta inferior y con un aspecto casi regio, si no fuera por sus harapos. ¡Caramba!

BERYL SOSTENÍA EL CANDELERO en su mano derecha, manteniéndolo abajo y oculto en los pliegues de sus faldas. Se sintió mejor por tenerlo mientras se encontraba con un tripulante tras otro y se detenía para mirarlos fijamente y sonreírles en silencio. Deseaba haberse quedado en el camarote del capitán, pero ahora temía dar la espalda a cualquiera de esos hombres. Como no llevaban uniformes de la Marina de Su Majestad, le parecían ciertamente piratas.

Uno dejó su fregona y se acercó a ella.

—*Umm...* —Ella se relamió y vio que él miraba con interés su boca—. ¿Dónde está el capitán Carruthers? —preguntó Beryl.

Entonces los ojos del marinero se dirigieron a sus pies, donde Leo apareció de repente, habiendo salido del camarote con ella.

—¡Que me hunda! —exclamó el hombre, admirándola con sorpresa—. ¿Ha domado a esa bestia viciosa?

Con los ojos muy abiertos, Beryl miró al gato y luego el rostro del marinero. Al volverse a su derecha, vio al capitán bajando un pequeño tramo de escalones, casi una escalera, hasta la cubierta en la que ella se encontraba. Su expresión era claramente de desagrado.

—Gracias —le dijo ella al marinero, quien, sin mediar palabra, volvió a retomar su tarea de fregar.

En ese momento, Beryl oyó otra voz que gritaba la orden de levar anclas, y se produjo una oleada de actividad general.

—Creí que le había ordenado que se quedara en mi camarote —dijo el capitán en cuanto estuvo lo bastante cerca para que ella lo oyera.

—¿Me lo había ordenado? —preguntó Beryl. ¿Lo había hecho? Ella creyó que había sido una sugerencia más que otra cosa—. Pensé que no era una prisionera. En el barco, al venir de Inglaterra, se me permitió la libertad de caminar por las cubiertas sin problema. ¿No tiene usted mando sobre su tripulación?

Ella vio cómo a él se le tensaba la mandíbula.

—¿Nombre? —preguntó Philip.

—¿Perdón?

—El nombre del barco. Ha pasado muchos meses en él. Supongo que conoce su nombre.

—Wellesley —dijo ella.

Él asintió.

—Bastante más grande que este, ¿no cree? ¿Lindo camarote, comedor, buena comida?

—Sí —aceptó Beryl.

—El HMS Wellesley es un buque de guerra de la clase Cornwallis, con setenta y cuatro cañones, y su tripulación estaría sin duda muy ocupada dirigiéndolo. Mis hombres a veces tienen demasiado tiempo libre.

—Philip miró hacia donde el marinero había estado limpiando la cubierta, pero este ya había desaparecido.

Beryl supuso que se había marchado para cumplir la orden de poner el barco en movimiento.

De hecho, a su alrededor, había surgido un bullicio de actividad, desmintiendo las palabras del capitán.

—Usted nos ha encomendado una tarea esta mañana, señorita Angsley —dijo Philip al notar su sorpresa—. Nos dirigimos a la Bahía Stanley en busca de su padre.

—Gracias.

Ambos bajaron la mirada mientras Leo volvía a alejarse de las faldas de Beryl.

—Mantiene a las alimañas a raya —le dijo el capitán Carruthers.

Ella supuso que un gato en un barco era una buena idea.

—¿Cuánto tiempo durará el viaje?

—No mucho. Nuestra embarcación es mucho más pequeña que el Wellesley, pero mucho más rápida también, como pronto descubrirá.

Hm…. Beryl decidió que quizá ese hombre no era un pirata, pero sí era grosero. En cualquier caso, estaba bastante segura de que un corsario era un pirata, con la única diferencia de tener algunos papeles oficiales. Aun así, podía no ser bueno y meterse en problemas.

Mientras pensaba en problemas, una voz habló cerca de ella y Beryl se giró, levantando el candelero de latón sin pensarlo.

—¡¿Qué demonios?! —oyó exclamar al capitán mientras un marinero la miraba con los ojos muy abiertos y asustados—. ¡Baje el arma! —le ordenó a Beryl el capitán Carruthers en el acto.

Esta pudo oír la diversión en su voz.

—Informe, Bantam —le dijo Philip al marinero.

El hombre seguía mirándola fijamente, pero se dirigió a su capitán.

—He comprobado la amura, el puño de amura y los cabos, capitán, y están seguros.

—Bien. Que Churley encuentre a alguien que releve a Jack en la cofa.

El marinero había recibido una orden directa, pero permaneció de pie, mirando a Beryl fijamente. Ella empezó a sentirse como un bicho raro.

—Ocúpate de ello —instó el capitán al marinero—. Date prisa. Jack lleva cinco horas ahí arriba, creo.

Por fin, el tripulante se movió.

—Sí, capitán. —Y se alejó corriendo.

—¿Otra razón para que se quede en mi camarote? No solo es más seguro para usted, sino que es más seguro para todos nosotros. Mi tripulación estará tan distraída por su causa si se queda en cubierta, que dejarán cabos sueltos o sin atar.

Luego, Philip frunció el ceño al ver el «arma» en la mano de Beryl.

—Si la llevo a la galera donde hacemos el té, ¿me devolverá el candelero?

Ella sintió que se sonrojaba.

Él le tendió la mano.

Como una niña que ha cogido algo que no le pertenece, Beryl se lo dio y luego siguió a Philip hasta la galera, donde se encontró con el cocinero, un hombre de aspecto rudo y voz aún más ruda, que extrañamente sabía preparar una tetera perfecta.

—En cualquier caso, no hay ningún lugar donde pueda estar tan cómoda como en mi camarote —le dijo el capitán a Beryl—. Por lo tanto, será mejor que vuelva allí hasta que lleguemos a Stanley.

Beryl decidió que él tenía razón. Ya había visto suficiente costa de Hong Kong para toda la vida, así que regresó a su camarote con su té. Pronto esperaba volver a ver la familiar bahía de Stanley y el barco de la Marina Real que la llevaría a casa.

Capítulo 4

—¡Esto es una maldita pesadilla! —exclamó Philip cuando llegaron a Stanley y no había allí ningún barco de la Marina de Su Majestad—. ¿No se habrán marchado sin ella, ¿verdad? —le preguntó a Rufus mientras oteaban el puerto.

Tal vez, si apreciaban un momento de silencio, lo habían hecho, pensó Philip con poca amabilidad. Había estado junto a la señorita Angsley una sola vez durante el rápido viaje y tuvo que salir del camarote mientras ella seguía hablando.

Tal vez simplemente estaba nerviosa. O tal vez había olvidado cómo se comportaban las mujeres, ya que hacía mucho tiempo que él no estaba en compañía de ninguna. Al menos, no con el tipo de compañía que no se pagaba y con la que no era necesario emitir ningún sonido, salvo algunos gruñidos y jadeos. Las putas chinas habían sido muy amables con él y sus hombres siempre que les había concedido un permiso de tierra o él mismo había aprovechado la oportunidad.

Delicadas y obscenas al mismo tiempo, solo hablaban el inglés suficiente para regatear el precio.

En cualquier caso, sabía que todos los hombres a bordo del Robert cambiarían una semana de disfrute de las hábiles rameras de Shangai por llegar antes a casa, a Inglaterra. Tenían que ponerse en marcha en un par de semanas o arriesgarse a que el tiempo fuera malo cuando doblaran el extremo sur de África. El cabo de Buena Esperanza no se preocupaba por la agenda de nadie.

Habían rastreado el puerto e incluso habían llamado a dos barcos mercantes ingleses, pero ambos les dijeron lo mismo: el único barco de la Marina Real había zarpado el día anterior. Philip envió a Rufus y a otro tripulante a tierra en un bote de remos para que averiguaran cualquier información sobre el padre de la dama, lord Harold Angsley, y luego llamó a la puerta de su camarote para contarle las malas noticias.

—Entre —dijo ella.

Él sonrió para sí. Parecía una señorita inglesa privilegiada. Básicamente, le sonaba a hogar, y anhelaba estar de vuelta en Inglaterra.

Empujó la puerta con suavidad y la encontró sentada a su mesa, examinando los gráficos que él había dejado sobre ella. Seguramente no tenía nada más que hacer, aunque estaba seguro de que tenía algunos libros guardados en uno de sus cajones.

Ella lo miró con sus bonitos ojos marrones y él sintió una punzada de algo desconocido. ¿Admiración? ¿Atracción? ¿Deseo?

Ella se había tomado un tiempo para asearse. Su cara estaba limpia, y de alguna manera, con la magia propia de las mujeres, se había recogido el pelo. Probablemente, ella había llevado bajo sus trenzas horquillas como las que él había sacado del cabello de algunas damas inglesas finamente vestidas.

De hecho, le daba bastante pena verla tan pulida. Philip había pasado un buen rato imaginando su cabello suelto por completo y pasando los dedos por sus sedosas ondas.

Pero se amonestó a sí mismo. Debía recordar el estatus social de la dama. La señorita Beryl Angsley era una joven que viajaba con su padre, miembro de la aristocracia y, por lo tanto, con toda seguridad, era virgen.

—He mirado por el ojo de buey, capitán —dijo ella a modo de saludo—, teniendo cuidado de que no se me atascara la cabeza en él, por supuesto.

También tenía sentido del humor.

—¿Qué ha visto? —preguntó Philip.

—Creo que reconozco la bahía de Stanley. ¿Estoy en lo cierto?

—Lo está. —¿Cómo le diría la horrible verdad? Que su barco había zarpado sin ella. Lo pospondría, eso haría.

—Cuando atracó aquí por primera vez hace meses, ¿dónde se alojó? —Quiso saber él.

Beryl ladeó la cabeza, pensativa.

—En las habitaciones del Fuerte Stanley. Pero no por mucho tiempo. Pronto nos fuimos a....

Él la interrumpió antes de que ella le contara otra historia de sus viajes por China.

—¿Es allí donde se aloja su padre?

—Sí, allí estaba cuando me secuestraron. —Beryl se levantó y se dirigió hacia un ojo de buey—. Seguro que es ese edificio de la derecha. Por favor, capitán —le dijo girándose hacia él—. ¿No va a llevarme a tierra para que pueda encontrarlo?

Si fuera tan fácil...

Philip pensó en dónde podrían haber ido a buscarla la Marina Real y su padre. Con el tamaño de China, a lord Angsley le debió de parecer una idea desalentadora.

—Capitán, ¿me llevará a tierra ahora? —repitió ella.

Al oír pasos en cubierta, Philip supo que sus hombres habían regresado. Un par de minutos después, Rufus apareció en el pasillo.

—¿Qué ocurre? —le preguntó Philip.

Rufus hizo un cortante movimiento de cabeza y luego le indicó a Philip que lo siguiera fuera del camarote.

La señorita Angsley frunció el ceño.

—¿Pasa algo, capitán?

Tal vez todo.

—Volveré en un momento.

—¿Y bien? —preguntó Philip en cuanto cerró la puerta del camarote.

Rufus se encogió de hombros.

—No hay señales de ningún grupo de diplomáticos. Como sabe, casi todo el mundo es inglés o habla inglés en la isla, y todos comentan ya el secuestro de la hija de un aristócrata, incluyendo a nuestra tripulación, que ahora sabe quién está a bordo. Y los colonos se levantan en armas porque el hecho ha ocurrido en la isla, en territorio británico.

—¿Saben quién lo hizo?

Rufus levantó una ceja.

—¿Se refiere a que podrían pensar que lo hicimos nosotros si descubren que ella está a bordo?

Philip gruñó.

—Estoy bastante seguro de que podemos aclararlo si fuera necesario, o de que ella podría explicarlo. Pero ciertamente no queremos que registren el Robert, ¿verdad?

No solo las joyas de la duquesa, sino también algunas otras posesiones preciadas, habían llegado a la bodega de su barco para ser vendidas en Gran Bretaña. Todo ganancias mal adquiridas en los juncos piratas chinos. La Marina Real no dudaría en confiscar el lote.

—Cuanto antes nos deshagamos de ella, mejor —dijo Rufus.

—De acuerdo. —Aunque a Philip le causó un momento de descontento pensar en no volver a verla a ella ni a sus suaves ojos castaños—. Yo mismo la acompañaré a tierra y me registraré en la oficina del cuartel para averiguar el paradero de su padre.

—¿Y dejarla a salvo bajo su custodia? —preguntó Rufus, frunciendo el ceño—. Lo hará, ¿verdad?

Philip permaneció en silencio. Si la Marina Real y su padre la habían dejado atrás, ¿cómo iba a hacer él lo mismo?

—Se siente responsable de ella, ¿no es así, lord Corsario? —adivinó Rufus, ofreciendo una sonrisa ladeada.

Philip se encogió como siempre lo hacía cuando alguien de su tripulación lo llamaba así. Era un apodo ridículo, una broma que se les había ocurrido después de beber demasiado ron al salir de aguas británicas.

—Ya conoce la regla: salvar una vida, conservar una vida —le recordó Philip.

—Ella debería estar en deuda con usted por el resto de su vida, pero usted no debería sentirte responsable para siempre. Es una regla estúpida.

Philip se encogió de hombros una vez más.

—No hay bote de remos para la señorita Angsley. Llévenos al muelle.

Con eso, Philip regresó a su camarote. Ella lo miró con esos ojos confiados.

—Tan pronto como estemos atracados, la acompañaré a tierra.

—Gracias, capitán.

—Como no lleva ninguna pertenencia con usted, supongo que está lista para desembarcar. Si es que deja mi candelero en paz...

Ella le sonrió.

No había nada más que decir. No tenía sentido informarla de que él temía que su padre y su grupo se hubieran ido. Ella lo descubriría muy pronto.

En pocos minutos, Philip la ayudó a bajar de su barco y a subir a uno de los muelles de la bahía de Stanley para pisar sus rudimentarias calles. Stanley, así como cualquier parte de la isla de Hong Kong, siempre tuvo una escasa población hasta que los británicos tomaron el control y la colonizaron nueve años antes. Todavía no había mucho que ver, pero recorrieron el puerto en dirección al cuartel.

—¡Aquí es donde estuve! —exclamó ella—. Y paseaba por allí… —Hizo una pausa para señalar más allá de los cuarteles hasta el extremo de la cala—. Cuando me atacaron…

Sus palabras hicieron que a Philip se le erizara el cabello de la nuca. La señorita Angsley debería de haber estado a salvo precisamente aquí, rodeada de oficiales británicos, a menos que alguien la hubiera buscado en particular. Alguien que pudiera llevarla rápidamente a la siguiente cala, y luego a un bote de remos hasta un junco pirata. Alguien poderoso como Chui-A-poo.

—No importa, señorita Angsley. —Acarició su revólver en la cadera, confiando en que seis disparos serían suficientes para protegerlos a ambos—. Vamos a ver cómo puede reunirse con su padre.

Pronto llegaron al cuartel, y supieron por boca del primer marinero que encontraron precisamente lo que el primer oficial de Philip había pensado: los diplomáticos, incluido lord Angsley, y el HMS Wellesley habían partido.

Todo el ánimo pareció desaparecer de la señorita Angsley. Temiendo que se desmayara, Philip le pasó el brazo por debajo del suyo y siguieron caminando hacia el despacho del alférez, como si estuvieran paseando por Pall Mall.

—Entonces, ¿qué hago con usted, Beryl? —preguntó Philip, con un tono ligero para no asustarla. Ella estaba en un aprieto.

—Si no le importa, capitán, creo que estoy lista para ir a casa.

Lo dijo como si estuvieran en un extremo de Hyde Park y quisiera que él solo la llevara en su carruaje hasta los jardines de Kensington, en el otro extremo. No que navegara hasta el otro lado del mundo.

—Veamos si alguien tiene más información. El alférez del cuartel probablemente sabrá algo —sugirió Philip.

Al verla, al joven alférez se le salieron los ojos de las órbitas y se levantó de un salto de su silla.

—¡Gracias a Dios! —dijo. Luego frunció el ceño y confirmó lo que ya sabían.

Escuchar que lord Angsley se había marchado no sonó mejor la segunda vez.

Philip sintió que todo el cuerpo de Beryl empezaba a temblar y, rápidamente, la acomodó en una silla.

—Mi padre no me dejaría atrás —protestó ella, con la voz cargada de emoción.

—No, señorita Angsley. No por elección —le aseguró el alférez—. Lord Angsley estaba fuera de sí por la agitación. El Wellesley ha salido de Stanley, pero aún no de China. Están buscándola. Se han dirigido a Dianbai.

—¡¿Dianbai?! —exclamó Philip—. ¿Se dirigieron al oeste?

El alférez se irguió más.

—¿Y quién es usted, señor?

—El capitán Carruthers. Soy el hombre que la rescató a unas tres horas al este de aquí. —Philip tuvo que caminar o iba a explotar—. Y aquí está la dama, como usted puede ver. Con su padre navegando a ciento noventa millas náuticas en la dirección equivocada.

Las mejillas del alférez se pusieron ligeramente rojas.

—No teníamos forma de saber dónde se encontraba ella, pero el pirata, Shap-ng-tsai, está retenido allí con unos setenta juncos. Pensamos que tal vez había reunido una pequeña flota porque la había secuestrado.

—No —dijo Philip al hombre—. No lo hizo y, en todo caso, él ya no está allí. Ha trasladado toda su maldita flota pirata a Hai Phong.

—No conozco Hai Phong, capitán —dijo el alférez, hablando con más respeto—. ¿En qué parte de China está? —Empezó a echar un vistazo a las cartas náuticas sobre su escritorio.

—No está en China, alférez, sino en el reino de Việt Nam, o... ¿cómo lo llaman ahora? El Imperio de Đại Nam. Solo lo sé porque he tenido tratos con los aldeanos cerca de Dianbai, personas que han estado pagando a Shap-ng-tsai durante años para que este no las asalte. Ya no le pagan porque se ha ido. Como puede imaginar, están felices de hablar de ello.

—Ya veo. —El alférez parecía perplejo—. Estoy seguro de que los oficiales del Wellesley ya se habrán enterado, puesto que habrán llegado a Dianbai a última hora de ayer. —De pronto, su expresión se iluminó—. ¿Es usted el dueño del clíper que acaba de atracar?

—Sí.

—Entonces llevará a la señorita Angsley a Hai Phong y la reunirá allí con su padre.

Philip ya sabía que iba a hacerlo, lo había sabido en el instante en que el alférez mencionó el destino de lord Angsley hacia el oeste, pero no le gustó que se lo dijeran.

—No trabajo para la Marina. Sin embargo, mi barco es de alquiler. ¿Cuánto me pagará Su Majestad por mis molestias?

Beryl, que había estado inusualmente callada durante el intercambio, intervino de repente.

—Es un pirata. Lo sabía. Solo un pirata exigiría una restitución por algo así.

Philip miró al alférez, sintiendo un momentáneo nerviosismo. Después de todo, estaba en un cuartel de la Marina Real, rodeado de hombres armados que no veían con buenos ojos a los piratas.

—Soy un corsario, como le he dicho. —Miró al alférez—. Tengo una carta de Su Majestad la Reina Victoria, pero no me encarga la entrega de hembras irresponsables que se dejan secuestrar por vagar solas fuera de la seguridad del cuartel.

—¡Oh! —exclamó Beryl—. ¿Irresponsables? ¡¿Cómo se atreve?!

Philip puso los ojos en blanco. ¿Cómo se atrevía? De nuevo, no estaban en una maldita cena en la que él había derramado vino sobre la alfombra persa.

—He cumplido las órdenes de mi reina —dijo Philip al alférez, que observaba la escena en silencio—, y me dirijo de nuevo a Inglaterra.

—Es la misma ruta —señaló el alférez.

Philip lo sabía perfectamente, pero eso no cambiaba el asunto. Los retrasos eran peligrosos. Podía pasar cualquier cosa, incluso que el Robert volara en pedazos al acercarse a una posible batalla entre oficiales de la Marina Real y piratas enloquecidos, una batalla en la que Philip no tenía absolutamente nada que ver.

—Necesitaré una compensación —dijo una vez más, temiendo que el hombre tuviera un nivel demasiado bajo como para poder ofrecerle algo, pero nunca estaba de más intentarlo.

—¿Qué tiene en mente, capitán? Aunque no hay mucho que pueda hacer, me encantaría resolver este problema.

La mirada del alférez se dirigió a Beryl y esta se cruzó de brazos.

—Yo no soy un problema —murmuró ella.

Ignorándola, Philip pensó un momento. El señor Churley, su intendente, estaría encantado de recibir provisiones, especialmente artículos conocidos, raros en otros lugares de Oriente, pero bastante normales aquí, en la Hong Kong colonial. Tal vez unas natillas en polvo o unas pasas sultanas, un poco de nata cuajada o tocino.

—Podría enviar a mi intendente a tierra con un par de tripulantes para recoger provisiones. Estoy seguro de que tiene algunas delicias británicas de las que no hemos disfrutado en dos años. ¿Cree que podría proporcionarnos lo que necesitamos para nuestro largo viaje a casa?

El hombre asintió, pensativo.

—Creo que puedo, capitán. No podría pagarle en efectivo, seguro, pero puedo darle provisiones.

—Bien entonces, llevaré a la señorita Angsley a Hai Phong, y será mejor que el HMS Wellesley esté allí.

El alférez pareció aliviado al haber hecho su parte para favorecer el reencuentro de padre e hija.

—¿Y si no está allí? —preguntó Beryl, poniéndose en pie.

«¿Entonces qué?», se preguntó Philip.

Capítulo 5

Con las provisiones necesarias a bordo del Robert, junto con tres cajas de ginebra Plymouth, la favorita de la Marina Real, y muchas limas, levaron anclas y salieron de la bahía de Stanley a mediodía, cuando quedaban unas cinco horas de luz.

Por el bien de la señorita Angsley, Philip le había procurado un vestido comprado a una colona inglesa, ya que, en más de una ocasión, Beryl había expresado su incomodidad al llevar su mugrienta prenda. Philip no podía creer que ella estuviera tan incómoda como para no poder esperar unos días hasta que llegaran al Wellesley. Por su parte, Philip se había acostumbrado con facilidad a llevar la misma camisa, los mismos pantalones y el mismo abrigo durante semanas.

¡Y algunos de sus tripulantes solo tenían un par de pantalones!

Sin embargo, cuando la vio salir de una habitación del cuartel con un vestido limpio, él pudo comprobar que ella estaba encantada y, por alguna razón, su felicidad le aligeró el corazón.

Además, el nuevo vestido, que Philip supuso que no se parecía en nada a la moda de París o Londres, dejaba al descubierto su largo y elegante cuello y la piel cremosa y suave de su escote. Dudaba que este estuviera destinado a despertar el deseo, ya que la mujer que lo había llevado con anterioridad era la esposa de mediana edad de un empleado de la isla. De todos modos, su diseño de corte sencillo mostraba más de la señorita Angsley que su propio vestido de viaje de cuello alto que había desechado.

Por primera vez, Philip pudo ver que ella llevaba una cadena de oro con un colgante verde. Los piratas chinos se la habrían quitado enseguida si la hubieran visto.

Probablemente ella ni siquiera había pensado en eso. ¿Habría comprendido el peligro que corría? Philip sintió, tardíamente, un poco de horror por lo que podría haber sucedido.

La señorita Beryl Angsley no pertenecía a Oriente, y él dio gracias a las estrellas de la suerte de los marineros por haberla encontrado en el junco pirata. Incluso con el código de los piratas chinos, habría sido desposada contra su voluntad en cuestión de días para que el capitán pirata, o Chui-A-poo, si es que había sido capturada para él, pudiera disfrutar de ella a fondo.

Ahora, Philip solo deseaba poder llevarla de vuelta a bordo del HMS Wellesley.

A PESAR DE LAS cajas de ginebra, Rufus frunció el ceño al ver que su capitán regresaba con su indeseada invitada. Philip también se dio cuenta de que la mirada de su primer oficial se fijaba en el vestido nuevo de Beryl.

—Problemas —murmuró Rufus cuando Philip la envió de inmediato a su camarote—. Problemas —repitió Rufus en voz baja cuando, más tarde, se encontraban en el puente de mando poniendo rumbo a Hai Phong.

Normalmente, Philip y su primer oficial estarían en su camarote sentados a la mesa. En cambio, habían extendido las cartas de navegación sobre la cubierta y estaban considerando cualquier peligro potencial.

—Hablando del diablo —dijo Philip cuando Leo saltó al centro del mapa que estaba examinando, sentándose casi sobre su destino.

—No me refería al gato —protestó Rufus.

—No importa. No podía dejarla aquí. ¿Quién sabe cuánto tiempo pasaría antes de que la Armada terminara de luchar con Shap-ng-tsai y se dieran cuenta de que él no la había secuestrado? ¿Y qué pasaría si su padre fuera asesinado? Y entonces, ¿qué sería de ella?

Rufus lo miró fijamente y Philip le devolvió la mirada.

—¿Qué? —preguntó este al fin, pero sabía lo que el primer oficial estaba pensando, que su capitán se había ablandado respecto a la dama. Más bien, sentía algo más consistente por ella, teniendo en cuenta su figura torneada y su boca, que le inspiraba el deseo de besarla.

¿Besarla?

Anhelos inútiles, en cualquier caso, por la situación en que se encontraban: en medio del Mar de China y a punto de entregarla, con suerte, a la Marina Real. Sin duda, nunca la volvería a ver.

Philip sacudió la cabeza y miró de nuevo la carta de navegación, dando un codazo a Leo con la punta de la bota hasta que el animal siseó y salió corriendo.

—Podríamos ir directamente, solo tardaríamos unas treinta horas.

Rufus se encogió de hombros.

—No vale la pena el riesgo, ¿verdad?

«Probablemente no», pensó Philip. Navegar a toda velocidad en la oscuridad más absoluta era un viaje absurdo. Además, con las capacidades del clíper, no estarían muy lejos de lord Angsley cuando llegaran a Hai Phong. Tal vez podrían evitar que el capitán del Wellesley se enfrentara a los piratas.

—Intentaremos llegar a la isla de Shangchuan esta noche, y nos refugiaremos en la bahía de Shadi si llegamos hasta allí.

Rufus seguía refunfuñando cuando fue a dar las órdenes a la tripulación.

Philip trató de ignorar la punzada de recelo que había tenido desde que vio por primera vez a la señorita Angsley en el junco de Bias Bay. Sin embargo, parecía que estaba destinado a estar con ella un par de días más.

BERYL DECIDIÓ ACCEDER A los deseos del capitán y permanecer en el camarote. Además, era tarde y en cubierta hacía frío y viento. Cuando se lo comentó al marinero que le trajo la cena en una bandeja, este se rio.

—El viento es nuestro mejor amigo, señorita. Sin él, estaríamos muertos.

A Beryl no le gustó la forma en que él enfatizó la palabra «muertos». Ella se había fijado en la línea de cañones del Robert, como se llamaba el barco. Sabía que ese era el nombre del difunto hermano del capitán Carruthers, lo que parecía un mal presagio. Sin embargo, el armamento le aseguró que no dependían solo de la velocidad para escapar del peligro. Parecía que podían luchar si era necesario.

Un arañazo en la puerta la alertó de que el gato quería entrar en el camarote, y Beryl la abrió.

—Leo —saludó al mínino cuando él se frotó alrededor de sus tobillos, pudiendo acercarse a sus piernas, ya que ella no llevaba sus capas de enaguas. Su «nuevo» vestido, de seda verde pálido, era sencillo pero limpio, lo que le parecía un lujo absoluto. En cualquier otro lugar del mundo, sabía que el vestido estaría hecho de simple tela doméstica, ya que la mujer a la que se lo compró el capitán no era rica, según los estándares británicos. En China, sin embargo, la seda era tan barata como el algodón.

Su antiguo vestido de brocado crema con paneles azules e hilo de oro, lo había dejado en la isla con la esposa del empleado, quien se puso muy contenta con la tela. Y en cuanto volvió a la intimidad del camarote, Beryl se quitó las enaguas, manchadas de agua de mar. Ahora estaban tiradas en un rincón.

Después de que Leo leal permitiera que le acariciara la parte superior de la cabeza e incluso bajo la barbilla, este se dirigió hacia el catre. Beryl se alegró de la compañía, al suponer que estaría sola hasta la mañana. El capitán había mencionado que había libros en la pequeña cómoda junto al catre, así que siguió al gato.

Rebuscando en los cajones, encontró una pequeña colección de relatos del norteamericano Edgar Allan Poe, que Beryl desechó por considerarla demasiado inquietante. También había un grueso tomo de Shakespeare muy manoseado. Sin embargo, se decantó por una traducción de la *Odisea* de Homero, una historia adecuada para su propio y extraño viaje.

Antes había disfrutado ojeando los mapas de su mesa, pero el capitán se los había llevado junto con la bolsa que él había mantenido a su lado mientras dormía la noche anterior, cuando Beryl subió a bordo.

¿Solo había pasado una noche? Parecía que había sido mucho más tiempo. Además, ella se sentía como si hubiera estado viajando durante días, sin llegar a ninguna parte, desde el momento en que el infernal saco de arroz había sido arrojado sobre su cabeza, arruinando su impecable peinado.

El capitán Carruthers la había tildado de irresponsable, pero Beryl solo estaba a unos metros del cuartel y le habían dicho que la isla de Hong Kong era segura. ¿Cómo iba a saber que los piratas merodeaban por la costa como serpientes de agua?

Además, no había entendido nada de lo que le habían dicho, hasta que uno de los piratas chinos la llamó «*lady* Brit», y luego hizo la pantomima de que la habían estado observando, mostrándole un catalejo. Beryl supuso que ella y su padre habían sido lo bastante visibles en sus viajes por el continente. Si alguien se había fijado en ella, no había mucho que pudiera hacer.

Luego, el mismo pirata de la larga y tupida trenza le había dicho: «Tú hace de esposa», señalando fuera de la cubierta del junco hacia la oscuridad, lo que a Beryl le heló la sangre.

Ella le dio las gracias a Dios por el capitán Carruthers. No le apetecía ganarse un marido pirata, si eso era lo que el hombre había querido decir. Además, tenía un prometido en casa, elegido entre el grupo de pretendientes perfectamente correctos que había conocido durante la Temporada.

Cuando los eventos sociales de Londres estaban terminando, aceptó la propuesta de lord Arthur Wharton, solo un par de años mayor que ella. Él era agradable. Su familia era agradable. Sus modales eran agradables. Incluso tenía un buen caballo cuando iban juntos a montar a Hyde Park. Y, por supuesto, tenía unos buenos ingresos anuales procedentes de la herencia de su padre, así que los padres de Beryl estaban encantados.

Por lo tanto, aunque ella no había sentido ningún reparo en casarse con él mientras fueron pareja en un baile o una cena, al final, cuando Beryl se enfrentó a otra Temporada, decidió que solo estaba siendo demasiado exigente. ¿Cómo podía pedir algo más que un hombre amable, guapo y rico? Además, él le había declarado que sentía un gran afecto por ella.

Aunque, en cuanto le dijo que sí a Arthur, Beryl sintió como si le hubieran puesto un saco de arroz sobre la cabeza, ya que había vivido la experiencia. Para poder disfrutar de unos meses de libertad antes de convertirse en la vizcondesa de Wharton, Beryl había rogado a su padre que la dejara acompañarlo.

Sin embargo, ahora, después de esta aterradora excursión, el matrimonio con Arthur se le antojaba cada vez más deseable.

El barco navegaba sin problemas, y el marinero que le había dejado la comida había encendido las dos lámparas. Beryl notó con una pequeña sonrisa que el candelero había desaparecido. Por lo visto, parecía que ella no era de fiar, pero tampoco sentía ya que lo necesitara. Tal vez fuera por el esponjoso gato naranja o porque el capitán le había comprado un vestido limpio.

¿Quién iba a imaginar su extravagante aventura? Esperaba que su diario, escrito diligentemente cada día de sus viajes, siguiera a salvo en el baúl con su padre en el Wellesley. Se le formó un nudo en la garganta al pensar en él, buscándola en algún lugar en el horizonte.

Beryl sorbió el vino que acompañaba a su comida, y se tragó su tristeza, animada por saber que ya estaba navegando hacia él. Sin embargo, era una lástima que la parte más emocionante de su viaje no apareciera en su diario. Tal vez debería plasmar su historia en el papel de inmediato, mientras aún podía recordar el olor y el tacto áspero de la horrible bolsa de arroz. Más que eso, podía recordar con detalle el interior del camarote del pirata chino en el junco, con la ornamentada tetera sobre su mesa y las dos lujosas espadas colgando sobre su catre.

Estudiando su entorno, ni excesivamente austero ni lujoso, pero sí confortable, con unas cuantas lindezas como un reloj de sobremesa y una palangana, no le extrañaría que el capitán tuviera útiles de escritura.

—Dime, Leo —dijo Beryl mirando al gato, su única compañía—. ¿Hay pluma y papel aquí?

Beryl abrió el gran bote de lata que había en el centro de la mesa, y descubrió que contenía bolas de metal. Qué extraño. Cogió una, luego otra, y después desistió de intentar descifrar su uso.

Esperando que al capitán no le importara, decidió buscar en el camarote lo que deseaba. Ya había sacado libros de la pequeña cómoda y no había visto ningún papel, ni siquiera el diario que llevaba el capitán. No había muchos más muebles, aparte de un baúl, la mesa frente a la que estaba sentada y un pequeño armario.

Al abrir este último, encontró unos cuantos jerséis gruesos y un par de pantalones, y no mucho más. Por desgracia, no había nada con lo que escribir.

Encogiéndose de hombros, Beryl se dirigió al baúl, pero, para su consternación, tenía un candado en el pestillo.

Hmm. Supuso que podía pedir papel, pero no valía la pena ir a cubierta tan tarde. Tendría que esperar hasta la mañana, ya que, según tenía entendido, estaría en el Robert durante otros dos días. Por el momento, leería la *Odisea*, calmaría su curiosidad por el contenido del baúl y le haría compañía al gato.

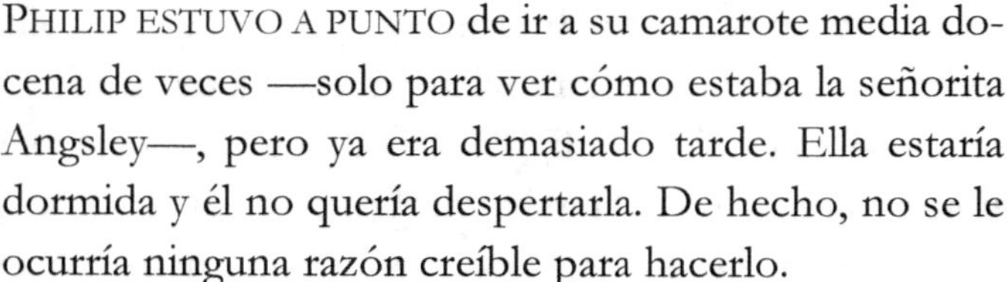

PHILIP ESTUVO A PUNTO de ir a su camarote media docena de veces —solo para ver cómo estaba la señorita Angsley—, pero ya era demasiado tarde. Ella estaría dormida y él no quería despertarla. De hecho, no se le ocurría ninguna razón creíble para hacerlo.

Excepto que le gustaba hablar con ella. Debía de ser la nostalgia por el hogar y todo lo que ella representaba. Era cierto que la elección de echar de menos su casa había sido de él mismo. Había dejado Inglaterra por su propia voluntad, buscando ahuyentar el dolor por la muerte inútil y sin sentido de su gemelo.

La imprudente carrera de carruajes de Robert se había desarrollado desde Hyde Park hasta Oxford Street, y había chocado con el desafortunado conde de

Cambrey, que también estuvo a punto de perder la vida aquel día. Tratando de evitar el coche del conde, según los testigos, el gemelo de Philip había volcado el suyo, muriendo instantáneamente al golpearse la cabeza contra el suelo. Su cuerpo sin vida fue arrastrado hasta que los caballos se detuvieron.

Y su hermano había sido considerado el responsable.

Philip no se tranquilizó y buscó una litera hasta que el Robert estuvo a salvo en la bahía de Shadi. Aunque la oscuridad se había apoderado de ellos, habían logrado llegar al lado suroeste de la isla de Shangchuan.

Saldrían al amanecer, y navegarían todo el día mientras hubiera luz, quizá once horas y media.

Confiando en que un marinero vigilaría el mar a su alrededor, Philip se sumió en un profundo sueño en cuanto se acostó.

Cuando se despertó a la mañana siguiente a causa del silbido del contramaestre, se dio cuenta de que había dormido hasta tarde. El sol ya había tocado el horizonte y, por el tacto del barco bajo sus botas cuando bajó las piernas de la litera, el Rufus había levado anclas y dejado atrás la isla de Shangchuan.

Agradecido a su confiable y capaz tripulación, Philip subió a cubierta, todavía frotándose el cuello dolorido y estirando la espalda. Lo primero que vio fue a la señorita Angsley entre un grupo de marineros.

Justo lo que no quería ver: ¡Ella rodeada de hombres babeantes!

Estaba sentada en una escotilla cerrada, con una taza de té en la mano, como si estuviera en su propio salón oyendo los chismes del día. Es más, la tripulación estaba ignorando sus obligaciones y cualquier peligro potencial.

¡Demasiado para ser dignos de confianza y capaces! Una flota entera de piratas podría caer sobre ellos y no se darían cuenta. ¡Sinvergüenzas, todos!

Philip soltó un rugido de rabia, haciendo que todas las miradas se posaran en él. Incluso el maldito gato, que estaba sentado a los pies de la señorita Angsley, levantó la vista. Más listo que los marineros, Leo se sobresaltó, se escabulló detrás de la pequeña caseta y desapareció de la vista.

Congelados, sus hombres lo miraron como si fuera el mismísimo kraken[3], y luego, captando la indirecta por el comportamiento del gato del barco, se pusieron en acción, dispersándose hacia sus puestos.

—¡Sí, será mejor que corráis! —gritó Philip.

Rufus apareció con una taza de café recién hecho en la mano y vio el problema. Sin embargo, en lugar de parecer tan molesto como su capitán, le dirigió a Philip una sonrisa de «se lo dije», y luego volvió a su puesto en la cubierta de popa, junto al timón.

---

[3] Colosal criatura marina de la mitología escandinava, descrita como un tipo de pulpo o calamar gigante o medusa que, emergiendo de las profundidades, ataca barcos y devora a los marineros.

Philip se acercó a la señorita Angsley, la única persona que no parecía afectada por su arrebato, y se puso delante de ella, tapándole el sol de la cara.

—Buenos días, capitán, ¿no es un día precioso? —Ella le ofreció una sonrisa deslumbrante.

—¿Qué cree que está haciendo?

—¿Siempre llega a cubierta por la mañana y arma tanto alboroto? —le preguntó ella, inclinando la cabeza—. ¿Lanzar bramidos es su forma de despejar los pulmones y recibir una buena dosis de aire de mar? Fue un sonido bastante estimulante. Creo que voy a probarlo.

Ella se levantó, respiró hondo y, para asombro de Philip, gritó con fuerza. Luego se rio, con los ojos brillando a la luz del sol.

¿Estaba trastornada? ¿O solo se burlaba de él?

—Debo admitir que sienta bien, capitán. Ha tenido una gran idea al hacerlo. —Ella volvió a sentarse, con la taza aún en la mano—. Tal vez mañana consiga usted que todos lo hagan a la vez. Podrían oírnos en Inglaterra.

Se estaba burlando de él. Sin duda.

—Le pedí que se quedara en el camarote —le recordó él—, precisamente para que no distrajera a mi tripulación.

—Bah...

—¿Bah?

—Sí, capitán. Fui una buena invitada y me quedé allí casi todo el día de ayer, a excepción de nuestro breve tiempo en tierra en Stanley, y ni siquiera salí anoche cuando necesité papel y pluma. Sin embargo, esta mañana, decidí que un poco de sol sería agradable.

¿Se había quedado él con la boca abierta? Eso creyó Philip. Ella era demasiado atrayente y absolutamente inusual a bordo del barco. ¿Sol y papel? ¿Le exigiría también algo de lana para poder tejer los gorros de su tripulación?

No era de extrañar que los hombres se reunieran en torno a ella como abejas alrededor de la miel. Querían saber qué iba a decir o hacer a continuación. Al igual que él.

Como si conociera sus pensamientos, ella le sorprendió señalando por encima de su cabeza y detrás de él.

—¿Qué pone en su bandera pirata?

Philip no necesitó mirar el tope del trinquete para responder. Enarbolaba dos banderas, una Union Jack[4] y un banderín rojo y amarillo brillante, con el escudo de armas de los Carruthers y su lema, *promptus et fidelis.*

—No hay ninguna bandera pirata —dijo él entre dientes—. En cuanto al lema de mi familia, se traduce como «listo y fiel».

Ella se quedó callada un momento, reflexionando sobre sus palabras.

—Preparado para qué y fiel a quién, me pregunto —dijo al fin.

---

[4] Bandera del Reino Unido

Él se cruzó de brazos, aunque en realidad nunca se lo había planteado. Supuso que los Carruthers se consideraban preparados para todo y fieles al resto de la familia.

—Si vuelve a el camarote, le pediré al señor Churley, mi intendente, que le consiga papel, pluma y tinta.

—Lo haré —dijo Beryl.

Philip pensó que ella había aceptado con demasiada facilidad, dedicándole otra deslumbradora sonrisa.

—Tan pronto como haya terminado mi té —añadió ella—. De hecho, no me importaría tomar otra taza si le apetece acompañarme. Tal vez un poco más de gachas, también.

—Esto no es un parque donde hacer un picnic. —Philip sabía que estaba empezando a sonar como una institutriz mojigata, en lugar de un audaz espadachín, pero no pudo evitarlo. Tal vez porque había pasado dos años en su barco con hasta la última alma haciendo lo que él decía, cuando lo decía.

Y la señorita Beryl Angsley lo estaba desafiando. No podía tolerarlo, no delante de sus hombres. Tenía que ser firme. Tenía que demostrarle que gobernaba su barco con puño de hierro.

Ella lo miró, con sus ojos marrones optimistas.

—Otra taza de té. —Se oyó decir Philip—. ¡Pero nada de gachas!

Capítulo 6

Como le habían dicho a Beryl que harían, el Robert navegó todo el día hasta que se quedaron sin luz tras entrar en el estrecho de Qiongzhou. Durante la comida del mediodía, el capitán tuvo la amabilidad de señalarlo en un mapa —una carta, la había llamado—, la cual él le dejó después de que ella le dijera que había disfrutado estudiándola.

Así, Beryl podía ver dónde había estado y adónde iba.

Cuando el capitán comió con ella a mediodía y exploraron las cartas juntos, fue una de las pocas veces que Beryl pudo hablar con alguien aparte del gato, que la visitaba cada dos horas hasta que al fin se instalaba en el catre a la hora de la cena. Para entonces, ella ya estaba desesperada por tener compañía.

Beryl había anotado sus recuerdos en cuanto el señor Churley le entregó pluma y papel, y luego había leído la mayor parte del día, excepto cuando el capitán regresó para la cena.

Además de hablar del rumbo que llevaban, él le habló de la finca de su familia en Dumfries, perteneciente a la parte escocesa de su padre. Y luego, con más entusiasmo, el capitán le describió su modesta casa en Newquay, Cornualles.

—Una simple casa en los acantilados que dominan el puerto —aclaró—, pero a un tiro de piedra de los pueblos donde supuestamente los piratas tenían sus escondites e incluso enterraban sus tesoros.

Era el lugar donde él había pasado todos los veranos y había aprendido a navegar por el río Gannel.

Su rostro se había iluminado de placer.

—La historia de Cornualles siempre me fascinó de niño —confesó.

—Especialmente la historia de los piratas, supongo. —Ella podía imaginárselo con facilidad como un joven revoltoso e inquisitivo, tal vez porque el pelo le llegaba más allá del cuello de la camisa y estaba despeinado.

—Había algunas cuevas, que mi hermano... —Philip hizo una pausa antes de continuar—, ...mi hermano y yo explorábamos durante horas. Sin embargo, nuestro pequeño puerto es conocido sobre todo por sus sardinas, no por sus emocionantes bucaneros y bribones.

—He llegado hasta Oriente —dijo Beryl—, pero no he visto más de Cornualles que durante el viaje en carruaje hasta Plymouth, donde embarcamos en el

Wellesley. Tampoco he subido a John O'Groats, en el norte.

Era extraño que ella hubiera viajado por todo el mundo sin conocer ningún sitio de Gran Bretaña aparte de Londres, Bath y la casa de campo de su familia en Bedfordshire. Beryl le habló de sus padres y de sus cinco hermanos, y se enteró de que él aún tenía dos hermanos vivos, ambos más jóvenes, y de que su familia vivía ahora principalmente en Londres.

Hablaron de todo y de nada, con bastante libertad, como dos personas que pronto se separarían y no volverían a encontrarse.

A pesar de que Philip Carruthers era un corsario y un poco brusco, lo que ella suponía que era de esperar a bordo de un barco, a Beryl le gustaba mucho. A decir verdad, él no solo había crecido ante sus ojos, sino que incluso había cambiado un poco —tanto en el afeitado como en el peinado—, quizá por culpa de ella.

Aunque le seguía pareciendo pícaro, era ordenado. Además, era muy interesante y, aunque en general era un hombre serio, de vez en cuando hacía una broma y se reía de sus propias palabras. Tenía una rica risa y una hermosa sonrisa.

No tenía motivos para pensar en la sonrisa del capitán Carruthers, se advirtió a sí misma. No mientras tuviera el perfecto prometido esperando su regreso, uno con una agradable sonrisa y también unos modales impecables en la mesa.

Al cerrar el libro, Beryl se dio cuenta de que había vuelto a pensar en el capitán, en lugar de leer, y no conseguiría hacerlo. Mañana, si Dios quería, se reuniría con su padre al anochecer.

Así que, ¿qué sentido tenía empezar a ilusionarse con un elegante capitán de barco?

Finalmente, hacia las siete de la noche, echaron el ancla en el puerto de Haikou, una ciudad que le habría encantado explorar. Caminar por tierra era ahora un raro lujo, y lo seguiría siendo hasta que llegara a Inglaterra, dentro de unos meses, supuso. En cualquier caso, no podía ver la ciudad portuaria, solo algunas lámparas encendidas. Era como si estuviera en medio del océano.

Acostada junto a Leo, como la noche anterior, aunque todavía era temprano, el aburrimiento la hizo dormir mientras acariciaba el suave pelaje del gato. Las pesadillas dieron paso a un sueño en el que Philip Carruthers la llevaba a una playa, la acomodaba en la suave arena, y luego comenzaba a cortar leña para un fuego.

Al cabo de un rato, Beryl se despertó, dándose cuenta de su sueño se había interrumpido por un golpe en la puerta del camarote. Miró el reloj, al que un marinero daba cuerda cada día, y vio que solo eran las nueve y cuarto.

—Pase —dijo ella, contenta por la compañía.

Entró el capitán, el hombre de su sueño. Al verla en su catre, dudó, y ella sintió que se sonrojaba. Su vacilación hizo que su entrada pareciera casi licenciosa, o, como mínimo, inapropiada, como si ella se estuviera desnudando o bañando, en lugar de solo estar acostada y vestida por completo.

Sin embargo, al sentarse en el catre, Beryl le dedicó una sonrisa de bienvenida, incluso cuando él retrocedió un paso.

—Adelante, capitán, al menos, romperá la monotonía de mi noche.

Con un gesto de asentimiento, él avanzó hacia el interior, pensó un momento y cerró la puerta tras de sí.

El pulso de Beryl empezó a trotar ante un gesto tan inocente, obviamente hecho para proteger su intimidad del resto de la tripulación. Después de todo, había estado a solas con él en el almuerzo y de nuevo en la cena. Sin embargo, con la negrura al otro lado de los ojos de buey, y solo una lámpara encendida para su lectura, parecía que estaban compartiendo un momento íntimo.

Si sus amigas de Inglaterra pudieran verla ahora, sola en la habitación de un hombre... ¡y con el hombre dentro!

Casi soltó una carcajada de nerviosismo. Su padre y su madre la recriminarían por su falta de criterio. Sin embargo, como ella había aprendido, las cosas eran diferentes en un barco.

—Me preguntaba si le gustaría tomar una copa. Después de todo, es su última noche a bordo del Robert. —Él tenía dos vasos vacíos en la mano.

Como ella nunca había bebido, aunque era consciente de lo que significaba, aceptó y observó mientras él se dirigía al mismo armario en que guardaba su ropa. Apartando los jerséis, Philip sacó una botella de brandy y, con una sonrisa, ella también vio que faltaba el candelero.

Luego, Philip se giró y, al ver las cejas alzadas de Beryl, le dedicó su diabólica y atractiva sonrisa.

—Tenemos ginebra a bordo, vino y a veces ron, pero ahora solo hay brandy. Es bastante escaso en estos lugares. Por eso lo mantengo oculto.

—¿Y quiere compartirlo conmigo? Veo que su botella solo está llena hasta la mitad. ¿El resto es para su viaje a casa?

—Exactamente —aceptó él—. Y como ahora nos dirigimos al oeste, diría que he comenzado mi viaje a casa.

Ella le observó verter el líquido ámbar antes de darse cuenta de que debía bajarse de su catre. Contenta de no haberse quitado el vestido para dormir, Beryl bajó los pies al suelo y se puso de pie.

—¿Quiere acompañarme al comedor, señorita Angsley? —preguntó el capitán Carruthers, señalando la pequeña mesa en la que había colocado las copas—. Puede usar mi silla, ya que es la más cómoda.

—Gracias. —Ella dio cuatro pasos hacia el «comedor», dejando que él le sostuviera la silla y la empujara antes de sentarse en diagonal a ella en la pequeña mesa.

—Siento que haya estado sola todo el día, pero fuimos directamente del punto A al punto B, por así decirlo, en medio del mar, sin ningún lugar donde esconderse. Por lo tanto, era todo manos a la obra en caso de que nos encontráramos con problemas.

Ella levantó el vaso con unos dos centímetros de líquido ámbar, y él hizo lo mismo.

—Me alegro de que no hayamos encontrado ningún problema —dijo Beryl—. Ya he tenido suficientes aventuras por ahora. Y le agradezco las cartas de navegación. Me ha encantado volver y seguir mis viajes.

—De nada. —Philip chocó su vaso contra el de ella y bebió un sorbo, esperando hasta que ella hizo lo mismo.

Ardía un poco, y Beryl tuvo que luchar contra el impulso de toser, pero bebió. La segunda vez fue mucho más fácil. No lo llamaría exactamente delicioso, como un vaso de madeira, pero era interesante y cálido.

—Tal vez no sea una bebida para damas —conjeturó él—. Sin embargo, el champán tendrá que esperar hasta que esté de vuelta en Inglaterra. ¿Puedo preguntar por qué se fue?

—Puede hacerlo. No hay ninguna razón en especial, capitán. Mi padre iba a realizar un viaje emocionante y, como hija mayor, le pedí acompañarle. Aunque en ese momento no tenía ni idea de lo emocionante que sería.

Él asintió y no parecía aburrido, así que ella continuó.

—La verdad es que me pareció una oportunidad única en la vida. Como mujer, difícilmente puedo esperar demasiadas aventuras. Ya había tenido mi primera Temporada, que fue divertida al principio, pero que luego se volvió tediosa hacia el final. Creo que no soy la única que se ha hecho ilusiones sobre la oferta social de Londres para luego verse decepcionada.

—Es decir, que usted pescó en las aguas de la alta sociedad y no capturó un marido rico. —Philip ladeó la cabeza y la miró fijamente—. Porque si se hubiera enamorado en un salón de baile, dudo que estuviera aquí en Oriente.

Beryl cerró la boca ante su grosería. ¿Estaría en este barco o en el HMS Wellesley si se hubiera enamorado, deseando unirse a la felicidad conyugal con Arthur? No, definitivamente no. Aunque, de hecho, había cogido un pez bastante bueno para todos los estándares.

No tenía muchas ganas de contarle al capitán su triunfal compromiso con un vizconde. Parecía que él la juzgaría, y ella quedaría disminuida a sus ojos.

—Se equivoca, capitán, puedo decirle sin parecer vanidosa o desagradecida que he pescado un par de peces en el transcurso de la Temporada, la mayoría de los cuales he devuelto con gusto al mar. —A Beryl le gustó esta analogía, y pensó en los besos insulsos que había compartido con unos cuantos maridos potenciales antes de decidirse por lord Wharton—. Llegaron a poner sus bocas en mi anzuelo con la esperanza de que los atrajera.

Philip abrió los ojos de par en par, pero no dijo nada. ¿Parecía un poco escandalizado?

—Me refería solo a un beso, capitán.

La mirada de este se dirigió a los labios de ella.

¡Oh, Dios!

—Y eran peces ricos, por cierto —añadió Beryl—. Sin embargo, eso no los hacía más deseables.

Suspiró. Pobre Arthur. Beryl debería al menos confesar su existencia, y aunque solo sentía por él una tibia admiración, tal vez un fuerte cariño, aún tenía la esperanza de amarlo de verdad algún día.

Sorbió su bebida en silencio sin saber qué pensaba el capitán. Por su parte, le resultaba difícil no reflexionar sobre lo maravilloso que habría sido conocer a un hombre durante la Temporada que hiciera algo con su vida, como el que tenía delante.

Sin duda, su beso tendría algún propósito, algo de fuego, no como los que ella había experimentado con los pretendientes que solo se dedicaban a bailar y a montar a caballo en Hyde Park, o eso parecía, ya que nunca mencionaban que hicieran algo más. Arthur aspiraba a ocupar el escaño de su padre en el Parlamento y a mantener sus caballerizas en buen estado, y eso era todo.

—No puedo imaginarlo, capitán, en un baile. Realmente no puedo... —dijo Beryl.

¿En qué estaba pensando? Estuvo a punto de decir algo inapropiado sobre bailar y besar. ¿Y cuándo se había vaciado su copa?

Para su sorpresa, él entrecerró los ojos, se inclinó hacia delante, deslizó la mano detrás de la cabeza de ella para mantenerla firme y la besó.

—*Mmm...* —murmuró Beryl cuando sus labios tocaron los suyos. Un beso con sabor a brandy. ¡Qué delicia!

Entonces, él profundizó su beso, envolviéndola en una oleada de sensualidad. Después, él inclinó la cabeza y sus labios parecieron encajar aún mejor.

Las sensaciones que Beryl experimentaba eran nuevas, inesperadas, embriagadoras y estimulantes, y no quería que terminaran.

Tenía los ojos cerrados —¿cuándo los había cerrado?—, pero aun así, se las arregló para dejar el vaso y entrelazar los dedos con los del capitán detrás de su cuello.

—*Mmm...* —repitió ella, y esta vez, él gimió en respuesta.

A Beryl le pareció sentir su gemido, además de oírlo. Un sonido muy atractivo.

Entonces notó que la punta de su lengua tocaba sus labios, y ella jadeó, abriendo la boca y los ojos al mismo tiempo.

Beryl vio que él tenía los suyos cerrados y que su cabello oscuro había caído sobre su frente, y entonces su lengua se deslizó entre sus labios y dentro de su boca, y ella volvió a cerrar los ojos.

Cuando la lengua de él exploró la suya, tocando, saboreando, ella tuvo el ridículo impulso de chuparla. Y así lo hizo. El capitán volvió a gemir y ella chupó más fuerte.

Aquello era especialmente divertido, no se parecía a ningún otro beso que hubiera recibido. Y fue un proceso largo y prolongado, no un rápido roce húmedo como el que había experimentado antes.

¡Estupendo!

Para su consternación, él levantó la cabeza y se apartó.

Al abrir los ojos, Beryl vio que él hacía lo mismo, lánguidamente, con la mirada un poco desenfocada. Cuando el capitán se echó hacia atrás, soltándola, las manos de ella se deslizaron desde los hombros de él y bajaron por su pecho, hasta que rompieron el contacto.

Por un momento, se miraron fijamente, hasta que el capitán deslizó su mirada oscura hacia el rostro de Beryl.

Ella estaba segura de que sus mejillas estaban rojas, pero un pensamiento se apoderó de su mente.

«Me gustaría que me besara de nuevo».

¿EN QUÉ DEMONIOS ESTABA pensando? Philip se sentó, cogió su copa y se bebió el brandy de un rápido trago. Más le valía salir de allí.

Pero siguieron mirándose. Beryl lo miraba con curiosidad, incluso con desconcierto, y su boca estaba un poco más roja que antes.

Se consideró muy afortunado. La señorita Angsley podría haber gritado hasta el cansancio. O haberle abofeteado, lo que probablemente debería haber hecho.

Sin embargo, ella parecía haber disfrutado del beso tanto como él. Philip quería volver a hacerlo, pero entonces no sería un impulso espontáneo y perdonable ante una mujer hermosa. Entonces sería premeditado, y probablemente llevaría a algo más. Por la reacción de ella a su beso, estaba bastante seguro de que podría seducirla con poco esfuerzo.

—¿Capitán? —preguntó Beryl ante su silencio.

Él sacudió la cabeza ante sus propios pensamientos sórdidos. Estaba seguro de que ella no querría acabar dándose un revolcón en su catre.

Más bien era una pena. ¿Por qué no pudo haber rescatado a una mujer experimentada, una viuda o incluso una prostituta, en lugar de a una joven virginal con toda la vida por delante, con un aristócrata en algún lugar de Londres esperándola?

No era que él mismo no hubiese tenido un roce con los títulos. Su padre había sido nombrado baronet por la reina. Pero la única persona que a Philip lo llamaba por un título era Rufus, quien lo apodó lord

Corsario para burlarse de él. De vuelta a Inglaterra, seguiría siendo el simple Philip Carruthers, y desde luego no sería rival para la señorita Angsley, prima de un conde.

Se levantó y pensó en irse, pero ella también se puso en pie. Para su sorpresa, ella dio un paso en su dirección, con la mirada todavía fija en la suya. Entonces, su boca se transformó en la sonrisa más dulce que él había visto nunca, y algo dentro de él se estremeció. Podría haber sido su corazón.

Un paso más y su hermoso pecho estuvo casi en contacto con el de él. Philip miró la parte delantera de su nuevo vestido y pudo ver con facilidad la turgencia de sus pechos y, más allá de la bonita joya verde con cadena, el profundo y misterioso valle que los separaba.

Un suave tirón de su corpiño y sus pezones quedarían expuestos a su vista.

Philip sintió una tensión en la ingle y se tragó el nudo de deseo que tenía en la garganta.

—Capitán. —Ella lo miraba con unos ojos que le recordaban los de un caballo particularmente travieso que él había tenido de joven.

—Sí. —¿Era esa su voz, tan gruesa y áspera? Philip tosió.

—¿Me besaría de nuevo?

¡Dios mío!

—Alto —dijo él en voz baja, sin poder apartar los ojos de ella.

—¿Perdón?

—Deténgase —respondió él—. Es demasiado tentador.

Beryl volvió a sonreír y a él se le cortó la respiración ante su belleza. Ella no pertenecía a este lugar. Debería estar en un salón de baile londinense, repleto de joyas y galas, rodeada de dandis, y no en el Robert.

Pero estaba aquí, en su camarote, por algún milagro. Y quería que él la besara.

Tendría que complacer a la dama.

Cuando el camarote pareció repentinamente caluroso como el Hades, Philip se quitó el abrigo negro que siempre llevaba, una protección perfecta contra el viento, con útiles bolsillos para guardar balas de repuesto, además de ser una pequeña defensa contra las hojas de los cuchillos.

La arrojó sobre la silla y la tomó en sus brazos. Con las manos extendidas por la espalda de ella, la acercó el último centímetro que los separaba para que sus cuerpos quedaran apretados, con las cálidas curvas de ella contra su pecho.

Beryl deslizó sus manos por la camisa de algodón de él y alrededor de su cuello, y entonces Philip sintió sus dedos entrelazados en su pelo. El pequeño gesto le hizo palpitar las entrañas.

Bajando la cabeza, él reclamó sus labios una vez más. Ella emitió el mismo zumbido de placer y Philip le metió la lengua en la boca. Saboreándola, acariciándola con la suya, sus pasiones se encendieron, y él tuvo que recordar de nuevo que ella era una dama que acababa de tener su primera Temporada.

Sin embargo, su beso le hizo sentir como si estuviera con una experta cortesana, una de las mejores y más exclusivas putas de Londres. Beryl le tiró del pelo mientras su beso se hacía más profundo, y entonces Philip sintió que sus caderas se inclinaban hacia él, como si buscara el alivio que solo el acoplamiento podía proporcionar.

Philip bajó las palmas de las manos por la espalda de ella y por su torneado trasero, y apretó su firme carne. Ella jadeó contra su boca, y él estaba dispuesto a arrastrarla a su catre cuando, de repente, sonó un disparo.

¿Qué demonios?

Al apartarse, Philip solo pudo enviarle una mirada de arrepentimiento antes de salir corriendo de su camarote para ver qué problema había.

Capítulo 7

ntes de que Philip llegara a la cubierta principal, oyó otro disparo. Se había relajado demasiado, se temía, y en el momento en que intentaba disfrutar de su tiempo con una mujer bonita, tenía que ocurrir algo.

Resultó ser algo sin importancia. Uno de los pescadores locales, que parecía haber bebido en exceso, a juzgar por sus gritos y sus fanfarronadas, se había acercado más de la cuenta. Uno de los vigilantes nocturnos del Robert le había advertido con un disparo al mar. La segunda vez había funcionado.

Philip deseaba que su tripulación no hubiera hecho notar su presencia a nadie, y menos con lo que le había escuchado decir a uno de sus hombres, que le había gritado al pescador mientras se retiraba: «¡Eso es lo que va a conseguir del Robert!».

Era mejor entrar y salir de algunos puertos de forma anónima, sobre todo, si llevaba un collar que valía una fortuna, aunque dudaba que alguno de los piratas de Chui-A-poo conociera su barco por su nombre.

Cuando Philip se giró para volver a su camarote, se detuvo de repente. Se estaba dirigiendo hacia Beryl como un amante legítimo, cuando no tenía ningún derecho a hacer el amor con ella. No era suya. Desde luego, no lo era.

Las mujeres de su clase debían honrar a su marido en la noche de bodas con el regalo que él quería reclamarle a ella allí mismo, en su barco.

Si regresaba a su camarote, Philip temía que se viera superado por su atractivo una vez más. Entonces, la arruinaría. Aunque se aseguraría de que ella disfrutara, no le daría las gracias cuando terminase.

Sabiendo que podría estar insultándola, pero sin ninguna otra opción, Philip se quedó en cubierta, decidido a permanecer fuera hasta que le dolieran los huesos y entonces iría a buscar una litera junto a los hispanos en el otro extremo del barco.

———— ❦ ————

BERYL ESPERÓ Y ESPERÓ.

¡Maldición!

Era evidente que el capitán no volvería para reanudar su encuentro íntimo. Lo había disfrutado mucho, y solo se dio cuenta de lo negativo que eso era cuando él se fue y no volvió.

Besar a un hombre era mejor que cualquier cosa que hubiera imaginado, y cuando las manos de él recorrieron brevemente su cuerpo, posándose en su trasero, Beryl no podía más que imaginar las delicias del acto en sí.

Su cuerpo había respondido sin que ella lo pensara, poniéndose caliente y tenso, y luego se enroscó en él, queriendo más.

Y ese «más» tendría que esperar hasta su noche de bodas con Arthur.

Beryl suspiró y tuvo que admitir que el capitán Carruthers sabía que era mejor mantenerse alejado. Sin una carabina o un tutor a bordo, ella era la única protectora de su virtud, y con el capitán, había hecho un mal trabajo para protegerla.

«Solo fue un beso», se recordó a sí misma, o dos. Sin embargo, por la forma en que todo su cuerpo había vibrado de excitación, admitió para sí misma que le habría dado todo lo que él quisiera tomar.

Sí, era mejor que se mantuviera alejado.

Pero ¿qué iba a hacer el resto de la noche?

Beryl miró a su alrededor y recordó la botella de brandy, que él había devuelto a su escondite después de servir las bebidas. ¿Qué otras cosas interesantes habría en su armario?

Esperaba que a él no le importara que mirara. Después de todo, no había dicho que estuviera prohibido. Evidentemente, el cofre estaba fuera de su alcance, ya que estaba cerrado con llave, pero todo lo demás parecía estar a su disposición.

Por desgracia, no encontró nada de interés en el armario, aunque se sirvió otro sorbo de su brandy.

Entonces vio el abrigo del capitán. Con las prisas, él se lo había dejado olvidado.

«¿Qué le pasaba?» se preguntó ella mientras olfateaba la prenda, con la esperanza de grabar en su memoria el olor de ese hombre. Sin embargo, olía a mar salado y a algo más bien desagradable.

Tal vez tuviera una baratija en el bolsillo, un pequeño dulce que ella pudiera guardar para conmemorar su primer beso de verdad, incluso una moneda.

Los grandes bolsillos exteriores no revelaban nada, pero en el bolsillo interior del pecho había una llave.

Sonriendo para sí, como si estuviera jugando a la caza del caramelo —una forma de entretener a sus hermanos cuando eran pequeños—, Beryl decidió probar la llave en la única cerradura que había visto. La del cofre.

Como era lógico, la llave se deslizó perfectamente y, en un instante, quitó el candado de hierro. De rodillas, abrió la tapa. Había algunos papeles, que no quiso detenerse a mirar por si la descubrían. Había un cepillo para el pelo, que por el aspecto del capitán, estaría mejor en su retrete, y una tela lisa la cuál descubrió que cubría una delicada porcelana azul y blanca: un jarrón, algunos platos, incluso una tetera. Probablemente eran regalos para su familia.

Luego encontró —¡Santo Dios!— bolsas de monedas. Podía saber lo que eran con solo sostener una, pero de todos modos comprobó cada saco de tela, donde vio el brillo del oro y la plata. Luego se encontró con un cuchillo largo y aterrador con un mango tallado como el que había visto en el junco.

Sentada sobre sus talones, frunció el ceño. Parecía el botín de un corsario. Tal vez incluso él había robado la porcelana china. En lugar de dulces regalos para su familia, tal vez todo esto eran las ganancias de un pirata.

Su mirada se posó en la bonita caja carmesí que había estado con ella en el camarote del pirata chino. Al recordar cómo el capitán Carruthers la había guardado en su saco mientras parecía sorprendido por su presencia, se dio cuenta de que la caja había sido el principal motivo por el que él había abordado el barco pirata.

No estaba cerrada con llave, y en un momento la tuvo abierta.

Al ver la joya que había dentro, Beryl sintió un momento de pánico. Un magnífico collar de rubíes con perlas grandes y uniformes, y que tenía una cinta de diamantes entrelazada por encima y por debajo de los rubíes. Más perlas, con un tono grisáceo y plateado, colgaban de las hileras de diamantes. No se trataba de una baratija como la que ella llevaba. Obviamente, se trataba de un raro tesoro, que valía más que el oro de los sacos, más que el barco en el que viajaba, y quizá más que su vida.

El capitán Carruthers se lo había robado a los piratas chinos, quienes a su vez se lo habían robado a... ¿quién?

Ella sabía una cosa. Su legítimo propietario no era el capitán. Lo más probable era que perteneciera a una de las cabezas coronadas de Europa, o incluso a la propia reina Victoria.

Sabía algo más. Él debía de ser realmente un pirata.

Pensando con rapidez, Beryl se quitó su collar. La cadena era de oro. El colgante, sin embargo, era una pieza común de berilo verde. Su padre lo había comprado en la China continental a un hombre que intentaba hacerlo pasar por una esmeralda, el cual, como ella sabía por ser una niña curiosa con un nombre inusual, también se incluía en la familia de las piedras preciosas del berilo.

Sin dudarlo, metió su propio collar en la caja.

Al menos, si el capitán Carruthers se llevaba el brillante recipiente rojo, supondría que el premio en forma de joya seguiría dentro. Luego, con cuidado, volvió a meter todo en el baúl, exactamente como lo había encontrado, y puso el candado.

Devolvió la llave al bolsillo interior del capitán, bebió otro sorbo de su botella de brandy antes de guardarla en el armario detrás de los jerséis, y luego pensó en cómo esconder el collar. Esta noche lo ataría en su *chemise* y mañana pediría a alguien una aguja e hilo y lo cosería firmemente en el dobladillo de su vestido.

Después de todo, con todas las velas que había a bordo, debería de haber utensilios de costura.

Con un poco de suerte, el capitán Carruthers no descubriría que el collar no estaba en la caja hasta muchos días después de que ella se hubiera alejado de él.

Con el corazón todavía palpitando por este juego bastante serio de esconder el dulce, y sintiendo el extraño peso del collar tirando de su *chemise*, Beryl se tumbó en el catre y se acostó junto al único testigo de su primer acto de robo, un gato naranja.

Salieron de Haikou con las primeras luces del día, y Philip se quedó en cubierta todo el día, sin ir siquiera a su camarote para comer con la señorita Angsley. Fue lo mejor. No había vuelto a verla, y un tripulante le dijo que ella había pedido una aguja e hilo para coser un desgarro en sus enaguas.

Philip recordó haber visto las prendas amontonadas en un rincón de su camarote. Desde luego, ella no las llevaba puestas cuando él había palpado su cuerpo a través de su vestido de seda la noche anterior.

«Concéntrate, hombre!>», se dijo a sí mismo.

Todos los tripulantes estaban en alerta máxima mientras volaban por la bahía hacia Hai Phong. Si las circunstancias iban bien, tendrían unas dos horas de luz de sobra cuando llegaran al reino de Việt Nam.

Casi una hora antes de llegar a su destino, cuando pasaron por la única y pequeña isla del puerto, el vigía gritó su informe sobre los barcos que estaban delante, todos congregados en la boca de la ensenada, a la cabeza de la cual estaba Hai Phong.

—¡¿Cuántos?! —le preguntó Philip.

—Cuatro de la Armada británica, siete... no, ocho de la Armada Qing. Unos cincuenta juncos piratas.

¡Cristo! ¡Qué lío!

—¿Entablando batalla, señor Reesa?

—Sí, capitán. Las bolas de cañón están volando.

A medida que se acercaban, el vigía le informó.

—Parece que la batalla lleva un rato, capitán. Algunos juncos ya están en llamas, un barco Qing ha volcado.

—¿Qué hay de los barcos de Su Majestad?

—Siguen en pie y sin daños, capitán.

Philip tenía que hacer llegar un mensaje al HMS Wellesley para suspender la batalla, en caso de que el motivo de esta fuera la desaparecida señorita Angsley. Por supuesto, si estaban luchando con Shap-ng-tsai, podría ser también por el hundimiento del barco americano y de tres barcos británicos que transportaban opio el otoño anterior. La Marina Real ya había capturado un centenar de barcos piratas, o eso decían los rumores, por todo el Mar de China meridional, y aún no habían encontrado la flota principal de Shap-ng-tsai.

Obviamente, tampoco era esta, a menos que se hubiera reducido considerablemente.

La corazonada de Philip era que en cuanto el capitán y la tripulación del Wellesley dieran la bienvenida a la hija del diplomático a bordo, se alejarían y volverían a casa, dejando la batalla para los demás.

El Robert les haría una señal con las banderas de la marina mercante que llevaba a bordo. Pensando en lo mismo, Rufus se apresuró a traer el baúl con las banderas y el ejemplar del *Código de Señales* del capitán Marryat. Philip lo había encontrado útil en más de una ocasión en los últimos dos años.

En primer lugar, tenía que llamar la atención de los británicos. Y no había mejor manera que el fuego del cañón.

—Tú —gritó Philip hacia Nick, un grumete—, ve directamente a mi camarote y dile a nuestra invitada que estamos disparando nuestros cañones. De lo contrario, el ruido la asustará.

—Sí, capitán. —Nick salió a la carrera, ya que la orden de disparar tres tiros ya había sido dada al artillero.

Navegando hacia el borde de la batalla, los tres disparos del Robert hacia los chinos dispersaron algunos de los juncos y llamaron la atención de la Marina Real, tal como había previsto.

El primer mensaje que envió Rufus fue «hija», que era un código establecido, el 2047. La presencia de esa palabra en el libro de códigos siempre había desconcertado a Philip en el pasado, ya que no veía la razón de que apareciera en los códigos del servicio de la marina mercante, pero ahora suponía que las jóvenes se metían en problemas en todo el mundo.

El siguiente grupo de banderas eran números individuales para deletrear «Angsley». Cumplido esto, el último era un código establecido para la seguridad, 7526.

Cuando su primer oficial izó la última bandera, Philip juraría que oyó un grito de ánimo del Wellesley, aunque debió de ser su imaginación.

Al instante, el buque de guerra giró con rapidez y dejó la batalla en manos de los otros tres barcos británicos y de la Armada Qing.

Philip sintió que un escalofrío de arrepentimiento le recorría la espalda. Podría haber pasado la última noche con Beryl o, al menos, cenar con ella. De repente, un momento a solas se hizo imprescindible, y se apresuró a ir a su camarote, relevando a Nick, que había hecho de centinela en la puerta.

Entonces, Philip dio un ligero toque sobre esta.

—Entre. —Al oír el sonido de su voz, sintió una ráfaga de placer.

Al pasar al interior, la vio sentada frente a su mesa, y su primer pensamiento fue que no le importaría encontrarla en su camarote el resto de su vida.

¡Qué demonios!

—¿Cómo está? —le preguntó mientras cerraba la puerta, sabiendo que era una pregunta bastante insulsa.

Aun así, ella le ofreció su chispeante sonrisa.

—Estoy bien. Gracias por enviar el aviso, o el fuego de los cañones me habría asustado.

Asintiendo, Philip se quedó parado, incómodo. Casi se les había acabado el tiempo.

—He hecho una señal al Wellesley, y ya está en camino hacia nosotros. No he querido navegar más cerca del puerto, ya que hay una escaramuza en este momento. Su padre no me agradecería que la pusiera en la línea de fuego.

—De nuevo, le doy las gracias —dijo ella, poniéndose de pie—. También por prestarme su camarote y sus libros.

Philip miró el catre, en el que Leo había adoptado su posición habitual al final de la tarde.

—Y la compañía de su gato.

Lo único que pudo hacer fue asentir. Philip notó, por la forma de su vestido, que se había vuelto a poner las enaguas, pareciendo ya una dama londinense civilizada. Echó un vistazo al camarote y se dio cuenta de que no quedaba nada de ella allí. Cuando ella desembarcara, sería como si nunca hubiera agraciado al Robert con su presencia.

Quería abofetearse a sí mismo por ponerse sentimental por una mujer a la que solo conocía desde hacía unos días, pero no podía negar las inoportunas punzadas que sentía.

Después de su extraordinario beso, se preguntó si ella sentía lo mismo.

Viéndola caminar hacia un ojo de buey, supo el momento en que ella vio el barco de su padre. Ella jadeó.

—Ya casi está sobre nosotros. ¡Oh! —exclamó emocionada—. ¡Puedo ver a mi padre en cubierta!

Beryl se giró hacia Philip con los ojos brillantes.

—Vamos a reunirnos con él, entonces —dijo este, sabiendo que sonaba rígido.

—Parece que llevo mucho tiempo aquí —añadió Beryl, inclinándose para acariciar a Leo. Para asombro de Philip, ella se inclinó y besó la parte superior de la cabeza del gato.

La siguiente vez que ella lo miró, él pudo ver lágrimas en sus ojos.

Beryl agitó las manos inútilmente delante de su cara.

—Mis disculpas, capitán. Me estoy emocionando.

—Es comprensible. Ha pasado por una gran aventura. Ha sido un placer participar en ella.

La marea de lágrimas se detuvo, y Beryl le dedicó una sonrisa.

—No parecía estar siempre muy contento por ello —señaló, haciéndole sonreír a su vez.

—Fui un poco brusco, lo admito.

Ella se acercó a él, y su boca se secó.

—Comprensible. —Beryl se hizo eco de sus palabras—. No estaba en sus planes cuando abordó el junco pirata.

—No —aceptó Philip—, no estaba en mis planes.

Ella estaba justo frente a él, cuando Philip oyó el silbido del contramaestre que indicaba la llegada del Wellesley. Era su última oportunidad de volver a besarla. Hipnotizado por sus ojos y sus labios, no podía dejarla pasar.

Manteniendo sus manos quietas, se inclinó hacia ella, observando cómo cerraba los ojos, y luego rozó sus labios con los suyos.

Necesitaba abrazarla con fuerza, atraerla hacia él...

La llamada a la puerta de su camarote los separó.

—Lord Corsario, la Marina Real ha llegado. —Era la voz burlona de Rufus.

—¡Ya voy! —gritó Philip, mirando el rostro de Beryl, memorizándolo.

Ella inclinó la cabeza, con un aspecto dolorosamente hermoso.

¿Volvería a conocer a una mujer que despertara en él tal anhelo?

—Me aseguraré de decirle a mi padre lo mucho que me ha cuidado —declaró ella.

Eso era tranquilizador. De lo contrario, se podría suponer que él se había aprovechado y la había besado, exactamente como lo había hecho, o peor, que la había violado, precisamente como quería hacer.

Philip abrió la puerta, se hizo a un lado, y le indicó con un gesto que lo siguiera, mientras cogía su levita de la silla donde la había dejado el día anterior. Quería tener el mejor aspecto posible en su encuentro con lord

Angsley, para que el hombre no pensara que era un pirata desaliñado.

Capítulo 8

Menos de una hora después, Beryl estaba en el Wellesley rumbo a casa. Tardaría cuatro meses, quizá un poco más. En ese momento, sin embargo, sus pensamientos estaban con un hombre en particular a bordo de otro barco, cuyo paradero desconocía.

¿Cómo le había llamado el marinero? ¿Lord Corsario?

Deseó haber tenido la oportunidad de preguntarle al capitán el motivo del apodo. En cambio, en un instante, Beryl estuvo en cubierta, rodeada por la tripulación del Robert y luego por su padre y su contingente.

Su padre se había mostrado más que agradecido, le estrechó con fuerza la mano al capitán Carruthers y le dio varias palmadas en la espalda. Este parecía desconcertado, y más aún cuando lord Angsley dijo que escribiría una carta de agradecimiento a la reina Victoria y le pediría que lo elogiara públicamente a él y a toda la tripulación del Robert.

—Se lo agradezco mucho, milord —había bromeado el capitán Carruthers. Luego, arruinó el momento solemne—. Pero la moneda del reino sería preferible al elogio.

¡Ja! Beryl casi se rio a carcajadas. Él había vuelto a demostrar que era un pirata que solo quería oro y joyas. Su padre vaciló un momento, sorprendido.

—Solo hablo en broma, milord —corrigió el capitán—. Por supuesto, no se puede poner precio al regreso seguro de su hija. Aunque no pertenezco a la Marina Real, me complace prestar un servicio a la reina y al país.

Beryl puso los ojos en blanco. Él hizo que sonara como si hubiera ido a buscarla, en lugar de encontrarse con ella mientras robaba un collar de joyas, aunque este ya fuese robado.

Y entonces se acabó, y Beryl apenas pudo despedirse. Primero, ofreció un agradecimiento general a la tripulación que estaba de pie escuchando, y luego dejó que el capitán Carruthers tomara su mano y se inclinara sobre ella.

Todo un caballero.

Cómo deseaba que hubieran tenido tiempo para un último beso más profundo en su camarote, uno que pudiera apreciar. Había estado esperando desde que él la dejó la noche anterior. En cambio, apenas había sentido el susurro de sus labios sobre los suyos.

Aquella noche, en su propio y encantador camarote del Wellesley, reunida con su doncella y todas sus pertenencias, Beryl pensó en descoser el dobladillo cosido de su vestido y sacar el collar de su escondite. Luego lo pensó mejor. No volvería a ponerse el vestido en el viaje de vuelta a casa. Lo guardaría junto con el collar.

Dudando antes de dejar caer la seda verde pálido en el fondo de su baúl, se preguntó si debía mostrarle las joyas a su padre de inmediato. Sin embargo, en su corazón creía que eso le haría pensar mal de su salvador y considerarlo «el capitán pirata Carruthers», mientras que, en la actualidad, su padre estaba lleno de elogios y gratitud hacia él.

No. Cuando estuviera de nuevo en Londres, decidiría qué hacer, quizá le consultaría a su mejor amiga, Eleanor Blackwood, que tenía una buena cabeza sobre los hombros. Después de todo, Beryl no podía limitarse a presentarse en el palacio de Buckingham, solicitar una audiencia con la reina Victoria y luego preguntar si la reina había perdido alguna de sus joyas.

PHILIP LAMENTABA LA MARCHA de la señorita Angsley. No podía negarlo. También sabía que sería mejor llegar al siguiente puerto amigo y encontrar una mujer dispuesta.

Sin embargo, cuando observaba la estela del Wellesley mientras navegaba hacia el archipiélago de Riau, su vigía anunció que estaban siendo atacados.

—¡Velas a la vista!

Philip no tardó más que un instante en recuperar la concentración y descubrir que el peligro no procedía del puerto ni de los barcos de Shap-ng-tsai a estribor, sino de babor. Una pequeña flota de juncos se acercaba a ellos desde el este, quizá habiendo esperado a que el buque de guerra británico se marchara.

—¡Cristo! —exclamó Philip—. ¡Todos preparados!

El contramaestre hizo sonar su silbato, llamando a toda la tripulación a sus puestos.

Obviamente, Chui-A-poo no iba a dejar ir el collar fácilmente, después de todo. Y aquí estaban, temporalmente muertos en el agua. Sin embargo, esa era la belleza de un clíper de tres mástiles.

—¡Aproar al viento! —ordenó a su tripulación.

Aunque la misión era pacífica, habían tenido su cuota de enfrentamientos, y cada tripulante del Robert era un marino mercante o un hombre de la Marina. En un abrir y cerrar de ojos, los marineros estaban en las líneas y los artilleros en los cañones, listos para la batalla.

A Philip no le gustaban sus posibilidades en el cuerpo a cuerpo, no con solo una docena de juncos.

—¡Virad el rumbo! —le ordenó a Rufus, que estaba al timón—. Necesitamos a la Marina Real.

Así, en lugar de navegar hacia un puerto amigo y disfrutar de un permiso de tierra, Philip se encontró navegando directamente hacia la escaramuza en el puerto de Hai Phong. Aunque todavía había tres barcos británicos para ayudarle, entrar en medio de otra batalla parecía la mejor opción.

Para su alivio, los otros piratas no le siguieron, sino que se mantuvieron cerca de la pequeña isla de Dao Bach, la única tierra en millas en cualquier dirección.

Su alivio murió tras las primeras horas y quedó enterrado en el fondo del mar cuando acabaron luchando durante tres días junto a la Marina Real y la Marina Qing. Después se enteró de que habían ayudado a destruir cincuenta y ocho juncos piratas que llevaban mil doscientos cañones y tres mil piratas.

Seis juncos escaparon, al igual que Shap-ng-tsai, pero como él no había sido el pirata que se llevó a la señorita Angsley, no importaba. El golpe a su flota lo había hecho huir más al oeste, y Philip no podía imaginar al pirata recuperando el control de las aldeas costeras que había aterrorizado antes.

Además, en algún momento de la segunda noche durante la pausa de la batalla, el puñado de juncos de Chui-A-poo había desaparecido. Philip confiaba en que hubieran regresado a China. Tal vez no querían esperar a que los británicos estuvieran solos para dirigir su atención hacia ellos. O tal vez habían asumido que el Robert iba en esa dirección también, después de la batalla de Hai Phong. Estaban equivocados.

Tomando la misma táctica que el Wellesley, Philip ordenó tomar rumbo hacia el Mar de Java —y a casa—, anclando esa tarde en el punto sur de Dat Mui en el golfo de Siam. Durante unas horas, todo estuvo tranquilo.

En la oscuridad más absoluta, fueron atacados.

Como un dragón, Chui-A-poo envió bolas de pólvora en llamas a las cubiertas del Robert. Mientras el vigía gritaba el peligro, y la tripulación del Robert, se esforzaba en apagar el fuego, los piratas de Chui-A-poo subían a bordo desde los botes de remos de abajo, aprovechando la cobertura del primer ataque para ocultar sus garfios.

Philip disparó a más de uno antes de ser vencido y arrastrado a su propio camarote por dos piratas, mientras su líder y otro guardia caminaban tranquilamente detrás.

Con la orden de encender sus lámparas, Philip lo hizo y se enfrentó a Chui-A-poo.

—¿Dónde está ella? —preguntó el pirata, haciendo un gesto a su guardia para que comprobara detrás de la pequeña puerta del retrete.

Ella. ¿Estaban aquí por Beryl?

—Hablas inglés —dijo Philip.

—Obviamente —contestó Chui-A-poo—. ¿Está aquí? Te he hecho una pregunta.

Solo había una respuesta, y la sabrían de todos modos, después de que registraran su barco.

—Fue tomada por uno de los barcos británicos. —Philip pensó que lo había expresado bien, echando la culpa a los otros.

Chui apretó las manos y cerró los ojos. Cuando los abrió, golpeó a Philip en la cara, haciéndole girar la cabeza.

—Era una joya rara. Incluso lleva el nombre de una. Solo un idiota la dejaría escapar. Como mi capitán, al que maté por su estupidez al perder a la chica.

Sintiendo que la sangre goteaba desde el lugar donde sus dientes le habían cortado la boca y la mejilla, Philip solo podía esperar que no fuera el siguiente en perecer por el mismo crimen, aunque estaba bastante seguro de que así sería.

Iba a morir por rescatar a Beryl.

Pensando en ello, supuso que era una razón honorable por la que morir. Deseaba haberla tumbado primero sobre su catre, pero eso era bastante egoísta por su parte.

Chui-A-poo dio órdenes a su guardia, probablemente para buscar a Beryl en el Robert. El hombre se marchó con rapidez. A Philip le gustaban más sus posibilidades y pensó que si se demoraba lo suficiente, tal vez Rufus lo rescataría.

—¿La secuestraste para ti? —le preguntó al líder pirata.

Chui no se molestó en responder.

—Habría sido una esposa honrada y apreciada —se limitó a decir.

¿Esposa? Ahí estaba de nuevo ese código de los piratas chinos. Cásate con las bonitas, devuelve a las sencillas y no violes a ninguna de ellas, a menos que quieras que te corten la cabeza y la tiren al mar, lo que había salvado a Beryl de ese destino.

Si la chica secuestrada había sido para Chui, entonces tal vez no sabía del…

—¿Dónde está el collar? —preguntó el pirata.

¡Diablos! Ambas joyas, Beryl y el collar, pertenecían a Chui-A-poo.

—Tenía dos tesoros —añadió Chui-A-poo—. Más vale que aún tenga uno.

—Sí —murmuró Philip, pensando en el fracaso de su misión de dos años. Si no hubiera esperado a reunir a padre e hija, habría doblado el cabo de Buena Esperanza en pocas semanas. En cambio, era probable que lo masacraran allí mismo.

Por otro lado, tal vez podría devolver el collar de la duquesa y vivir para contarlo. Si él y la tripulación sobrevivían, siempre podrían volver a cazarlo.

—Libérame —exigió. Difícilmente podría cumplir las órdenes del líder pirata con los brazos atados.

Chui-A-poo asintió a sus hombres. Cuando Philip estuvo libre, se limpió la sangre de la cara con el dorso de la mano.

—Si te devuelvo el collar, dejarás libre a mi tripulación y mi barco.

Chui enarcó una ceja.

—¿Y tu propia vida? ¿Te ofreces a sacrificarla por tu tripulación?

Philip decidió ser sincero.

—Había asumido que iría con mi nave y mi tripulación.

Para su asombro, Chui-A-poo se rio. Sin embargo, cuando se detuvo, Philip no vio ninguna alegría en los ojos negros del pirata.

—¿Vas a suplicar? —preguntó el pirata.

—No —respondió Philip de inmediato. Maldita sea. Era un Carruthers, criado en el mismo tramo de costa que el famoso pirata Avery, que decía haber enterrado tres cofres llenos de tesoros en las arenas de la costa de Cornualles, y no iba a manchar el legado de los intrépidos hombres de Cornualles.

Además, la muerte significaba volver a ver a Robert, y tenía la intención de darle una buena paliza a su gemelo por haber muerto tan estúpidamente en un accidente de carruaje. De no haber fallecido, Philip no dudaba de que nunca habría emprendido esta estúpida aventura.

Chui-A-poo lo miró y gruñó. Luego se encogió de hombros.

—Dame el collar.

No tenían ningún tipo de acuerdo, pero todo el poder estaba en manos del pirata. Al menos, Philip tenía el collar. Si no, su muerte habría sido inmediata. Buscando en su abrigo, sacó la llave de la cerradura.

—Si me permites —dijo, señalando el otro lado del camarote.

Chui asintió y los dos piratas dejaron pasar a Philip, que se arrodilló junto al cofre, abrió la cerradura y, tras un momento, recuperó la caja lacada en rojo.

¿Debía arrojar el pequeño recipiente a la pared más alejada del camarote e intentar escapar?

Lo más probable era que sintiera una hoja de acero en la espalda antes de dar un paso.

—¿Cómo has dado con el collar? —preguntó Philip, volviendo a situarse ante el líder pirata.

Chui lo miró.

—Siguiendo mis órdenes, se lo robaron a un funcionario Qing que a su vez se lo robó a un sirviente del Palacio Imperial. —Sonrió—. Quien se lo robó antes al emisario del emperador en Gran Bretaña, que....

—Que lo robó del palacio de Buckingham —terminó Philip.

—No —dijo Chui—. Que se lo robó al sirviente del emisario que lo robó del Palacio de Buckingham.

Luego se rio con ganas, probablemente por la idea de que él, el líder de una gran flota de piratas, había conseguido algo que el emperador y el gobierno de los manchúes no pudieron conservar.

Observando cómo Chui ponía sobre la mesa la pistola confiscada a Philip, su mirada se fijó también en el candelero. Al parecer, Beryl había rebuscado en su armario, había encontrado su escondite y lo había vuelto a colocar sobre la mesa, quizá como una broma.

Chui extendió las manos y Philip colocó la caja en ellas, observando cómo el pirata abría el recipiente.

Desde su ángulo, Philip pudo ver un destello de oro y verde. ¿Verde?

—¡¿Qué es esto?! —bramó Chui-A-poo, al meter la mano y sacar el collar de Beryl.

¿Qué? Philip también quiso rugir. En el espacio de un latido, supo lo que había sucedido. Ella le había robado el botín. Y ahora él iba a morir.

Los otros dos piratas se inclinaron hacia delante para echar un vistazo a lo que contenía la caja.

Y entonces la suerte de Philip cambió. Leo, sin ser detectado bajo la mesa, aulló como un demonio. Uno de los otros piratas debía de haber pisado su cola.

Todos saltaron ante el espeluznante sonido, y los tres piratas miraron hacia abajo, buscando a la impía criatura.

Era una distracción tan buena como cualquier otra. Lanzándose hacia delante, Philip cogió su pistola con una mano y, para mayor seguridad, el candelero con la otra antes de retroceder.

Estaban a muy corta distancia, pero no había otra opción. Philip disparó al primero de los piratas que se movió, y luego escuchó el terrible chasquido de la recámara vacía del arma cuando intentó disparar al segundo. Había usado su última bala.

Antes de que el otro pirata pudiera comprender su buena suerte, Philip le golpeó en la cara con la base del candelero. Mientras el hombre se agarraba la nariz, Philip le dio con fuerza en la cabeza. Cayó como una piedra.

Beryl tenía razón. Era un buen arma. Sin embargo, al ver cómo ella le había robado el collar, casi haciendo que lo mataran en el proceso, ya no le gustaba tanto como antes.

Preparado para luchar cuerpo a cuerpo con Chui-A-poo, con el candelero frente a la espada de este, Philip se giró solo para descubrir que el pirata había desaparecido.

Se acercó, abandonó el candelero y abrió el bote de lata que tenía sobre la mesa. Cogió un puñado de bolas de plomo del calibre 42, dejó caer algunas en su bolsillo y luego recargó su pistola, llenando cada una de las seis recámaras.

Mientras perseguía al líder pirata, Philip tenía la sensación de que esto no había terminado todavía. En la cubierta, las cosas se veían mal. La mayor parte de su tripulación estaba sentada en círculo, con los piratas chinos vigilándolos. Dos de sus hombres yacían muertos o heridos. No había señales de Rufus, lo que le preocupaba.

Por segunda vez esa noche, Philip tuvo que matar sin elección. Comenzó a disparar a cualquier pirata que se moviera. Los que no cayeron a la cubierta se escabulleron por la borda, chapoteando en el agua. Chui-A-poo no aparecía por ninguna parte y probablemente ya había huido a su propio junco. El hombre viviría para luchar otro día.

Eso era lo que más preocupaba a Philip.

¿Y dónde demonios estaba Rufus?

Por desgracia, su respuesta llegó cuando encontró al guardia del líder pirata, que había estado registrando el Robert como se le había ordenado. Era obvio que él y Rufus se habían peleado, y ahora el guardia yacía boca abajo y Rufus sangraba profusamente.

Rufus abrió los ojos cuando Philip se acercó.

—¡Todavía no estoy muerto! —gritó—. Aunque no puedo decir lo mismo de este. —Golpeó al pirata con la punta de su bota.

—Mucha sangre, amigo mío —dijo Philip a su primer compañero.

—Es de mi brazo casi toda —informó Rufus—. El bastardo recibió un buen par de cortes antes de que lo matara. Recuerde que soy pariente de John Gow.

—Lo sé, lo había oído antes. —Philip esperaba que él no continuara.

—Un notorio pirata que llegó a ser capitán del Revenge, que en paz descanse —dijo Rufus, como si Philip no hubiera hablado.

Este ya había escuchado la historia respecto a la dudosa ascendencia de Rufus, que se remontaba a un malogrado bucanero pelirrojo.

Sin embargo, ahora no era el momento para un relato de aventuras. Estaban teniendo una propia, y Philip solo deseaba terminarla.

—Mi padre es un afamado comerciante de lana —añadió él—, y no nos ayudará más que su viejo pariente pirata muerto que, le recuerdo, fue ahorcado no una, sino dos veces. Pobre desgraciado.

Rufus había contado muchas veces la historia de cómo los amigos de John Gow, tratando de ayudarle a morir con rapidez, tiraron de sus pies. Cuando la cuerda se rompió con el pirata aún vivo, tuvieron que colgarlo de nuevo.

—Malditos sean los que usaron una cuerda fina la primera vez —declaró Rufus.

Philip se arrodilló para evaluar los daños antes de ayudar a su primer oficial a levantarse. Rufus se tambaleó ligeramente, agarrando el brazo de su capitán con la mano buena.

—¡Cristo Todopoderoso! Tenemos que vendarle y coserle.

Apoyando a Rufus contra el casco, Philip se agachó, arrancó la camisa del pirata muerto, y luego la ató con rapidez alrededor del brazo de su primer oficial.

—No puedo dejar que vaya sangrando por todo el barco.

En silencio, volvieron a la cubierta para ver los daños. Sus velas habían sido arriadas durante la noche, por lo que estaban prácticamente intactas, excepto por una gavia quemada y un cabo inferior chamuscado. Más preocupante era la cubierta en llamas, que el carpintero ya estaba inspeccionando.

A la luz del día, la tripulación tendría que colgarse de las cuerdas para examinar los costados del Robert, asegurándose de que todavía estaban en condiciones de navegar. Las reparaciones retrasarían aún más su viaje de regreso, haciendo aún más peligroso el paso por el cabo. Por no hablar del peligro actual de permanecer anclados frente a Việt Nam. Tendrían que navegar despacio hacia el norte, hacia el golfo de Siam, para estar mejor protegidos.

Mientras tanto, tras deshacerse con rapidez de los cadáveres de los piratas, envolvieron a sus dos tripulantes muertos en las velas de lona de lino quemadas y, después de que Philip realizara un oficio solemne, los lanzaron al mar. No le sentó bien. Ningún collar, por muy bello o valioso que fuera, valía el precio que habían pagado aquella noche.

Además, Beryl era la culpable de toda su mala suerte.

Más tarde, tomando copas de ron en su camarote de primer oficial —una litera contra la pared con un panel que la separaba del resto de las literas de la tripulación—, Philip le contó a Rufus el increíble truco de su invitada para cambiar los collares.

—La moza tenía más agallas de las que yo creía —dijo Rufus, pálido y tumbado, pero bebiendo ron igualmente—. Tampoco es tan terrible que haya robado nuestro tesoro. De lo contrario, el collar de la duquesa ya estaría regresando a Bias Bay.

Rufus tenía razón en eso, pero Philip no estaba dispuesto a darle ningún crédito por su engaño. Casi le había costado la vida.

—Brindemos por Leo, porque sin él, yo estaría muerto, el barco habría sido tomado y usted

probablemente se habría desangrado en la cubierta —
le recordó a su compañero.

Brindaron por el gato de su hermano muerto.

Entonces Philip hizo un voto silencioso. Buscaría
a Beryl Angsley, recuperaría su collar para poder reclamar su recompensa y, además, exigiría una reparación
para las familias de sus tripulantes muertos.

Capítulo 9

Londres, Inglaterra

—Por favor, ven —escribió Beryl a Eleanor Blackwood—. A las once en nuestra casa el miércoles.

Hacía solo unos días que había vuelto a Londres, pero la presencia del collar en su habitación le pesaba mucho. Durante el té, lo discutiría con Eleanor.

Por suerte, su padre tenía tantos negocios en la ciudad que no tenía intención de arrastrar a su hija a su finca. En cambio, su madre y sus hermanos habían venido a Londres para la feliz reunión.

Beryl ni siquiera había visto a su prometido, y se preguntaba por su falta de necesidad por hacerlo. En cambio, le había escrito una carta a Arthur para informarle de su regreso. Tal vez él ya no estaba en Londres o había renunciado a su compromiso en algún momento de su viaje.

¿Por qué esa posibilidad no la preocupaba en absoluto?

En cuanto a su familia, los Angsley se acostumbraron con rapidez al regreso de padre e hija a su seno. Su madre estaba feliz de ir a los eventos sociales, a los que llevaba a Beryl, y sus jóvenes hermanos estaban encantados de discutir y atormentarla como siempre. Era el paraíso. No creía que quisiera volver a salir de Gran Bretaña.

Tal vez lo haría para dar una vuelta por el continente, pero no deseaba otro largo viaje por mar ni ningún posible encuentro con piratas.

Sin importar lo guapo que fuera.

Y cuánto deseara besarlo.

Suspiró, sintiéndose inquieta cada vez que pensaba en el capitán Carruthers —o lord Corsario, como recordaba que lo llamó el primer oficial antes de salir de su camarote por última vez—. En realidad, no era en absoluto un lord del reino, ni un par. Simplemente era el hijo de un baronet, y ese ni siquiera era un título hereditario.

Pero le sobraba fuego.

Beryl decidió no mencionarle a su padre que el capitán era el hermano gemelo del hombre que casi había matado a su familiar, John Angsley, el único sobrino de su padre y el querido primo de Beryl. Ella no creía que fuera a cambiar las cosas, y no veía ninguna razón para sacar a relucir el trágico asunto. En cualquier caso, cumpliendo su palabra, su padre escribió una carta a la reina relatando la historia que Beryl le había contado sobre su rescate.

Por supuesto, Beryl no le mencionó los maravillosos besos del capitán ni cómo su corazón latía y su cuerpo se calentaba cada vez que él estaba cerca de ella.

Volvió a suspirar. En una semana iba a ir a su primer baile en un año. Escribió a Arthur contándole su intención y, en pocas horas, recibió una misiva de respuesta. Él se encontraría con ella allí para su gran reunión. Solo podía esperar que él hubiera desarrollado algo del magnetismo de Philip Carruthers.

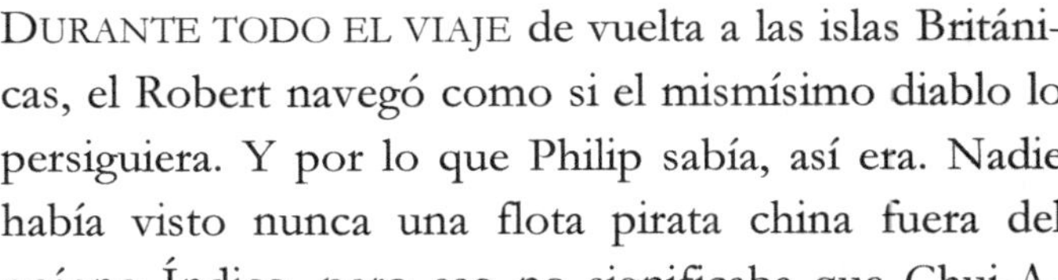

DURANTE TODO EL VIAJE de vuelta a las islas Británicas, el Robert navegó como si el mismísimo diablo lo persiguiera. Y por lo que Philip sabía, así era. Nadie había visto nunca una flota pirata china fuera del océano Índico, pero eso no significaba que Chui-A-poo no fuera a venir a por el collar que se le había escapado de las manos.

Aunque era poco probable.

Y también se le había escapado de las manos a Philip. Pero al menos él sabía quién lo tenía.

Mientras se adentraban en el canal de la Mancha, saludó con una inclinación de cabeza a la costa de Cornualles. Porque si Rufus estaba obsesivamente orgulloso de su antepasado pirata, Philip, cuyo linaje de los Carruthers era también escocés desde hacía unas cuantas generaciones, estaba también orgulloso del pueblo de su madre, córnico hasta la médula.

Luego pasaron por Plymouth, donde el barco de la Marina Real de Beryl habría atracado en el corazón de la fortaleza de la armada. El Wellesley no podía estar muy por delante del Robert. Incluso después de retrasarse para las reparaciones, habían corrido a casi dieciocho nudos durante gran parte del viaje, mientras que el buque de guerra no podía hacer más de ocho. Luego, ella, su padre y los demás diplomáticos habrían viajado por tierra hasta Londres.

Y allí era donde Philip la encontraría. Beryl le había preguntado si era realmente un pirata. Si lo era, entonces no era uno demasiado bueno. Solo podía imaginar el desprecio del pirata favorito de Rufus, John Gow, al ver que Philip había sido derrotado por una chica inglesa.

¡Que le había robado su tesoro!

Cuando el Robert remontó por fin el Támesis hasta los muelles de St. Katharine, sus hombres vitorearon su regreso a casa, a pesar del creciente aroma que emanaba del río a medida que se acercaban a Londres.

Philip ardía en deseos de saltar del barco y correr hacia la zona elegante de la ciudad, donde los Angsley tenían sin duda una casa adosada, probablemente en Mayfair. Dispuesto a derribar su puerta y exigir su premio robado, se aconsejó a sí mismo que tuviera paciencia y que esperase su momento.

Primero tenía que saludar a su propia familia, luego tenía que ponerse en contacto con las de los fallecidos, y después tenía que hacer un informe a su reina.

«Su humilde servidor ha cumplido con su deber y ha encontrado el collar. Y luego lo perdió, Su Majestad. Sin embargo, está aquí, en suelo inglés. Solo tengo que encontrarlo».

Sí, eso sería bien recibido.

Decidió que el informe tendría que esperar hasta tener la joya de la duquesa de nuevo en sus manos. Además, sin el collar no recibiría la recompensa y, por tanto, no podría pagar a sus hombres. Muchos de sus tripulantes volverían al barco diariamente hasta que se les entregara el salario prometido.

Sus padres se alegraron de que hubiera sobrevivido. Eso era todo. Al parecer, tras la prematura e impactante muerte de Robert, habían decidido proteger sus propios corazones prodigando su amor a los dos hijos más pequeños que no tenían ningún parecido —y por ello, ningún recuerdo—, con su hijo muerto.

Aunque eran gemelos, Robert era el primogénito, y todas las alabanzas, esperanzas y sueños habían recaído sobre sus hombros. Especialmente después de que Philip tardara el doble de tiempo en aprender a leer, incendiara la escuela de gramática y se liara a puñetazos en el internado de San Pablo en más de una ocasión.

Sus padres lo consideraban prácticamente una oveja negra. No era una declaración agradable para una familia que se ganaba la vida con la lana más fina. La lana negra, al no poder ser teñida, valía menos, y Philip siempre se había sentido el hijo menos digno.

Sin embargo, había querido a su gemelo, que nunca había dicho una mala palabra sobre sus travesuras. En ausencia de Robert, su hermano menor y su hermana estaban absolutamente encantados con el regreso de su hermano, compensando con creces la frialdad de sus padres.

Tras repartir regalos por doquier —té, porcelana, seda, peines de jade para el pelo y vino de ciruela—, al día siguiente, Philip visitó a las familias de los fallecidos. Recordando cómo se sintió cuando le llegó la noticia de la muerte de Robert, solo pudo ofrecer sus propias e inútiles condolencias, dar las gracias sinceramente a las familias por haberle entregado a sus hombres, y asegurarles que recibirían una compensación.

Y entonces fue libre para buscar a la señorita Angsley.

«NO HAY NI UNA gota de fuego aquí», pensó Beryl después de diez minutos en el baile. Todos los hombres parecían pálidos y aburridos, sin ningún interés, en comparación con...

Se detuvo. Esto no podía ser. No podía empezar a comparar a los caballeros corrientes de Londres con el capitán Carruthers. Si lo hacía, se encontraría sola y sin compromiso.

Hablando de eso, como si todos supieran que este era su primer encuentro en casi un año, los invitados empezaron a retroceder y abrir paso mientras lord Arthur Wharton se aproximaba.

El querido Arthur. Con la estatura adecuada para que ella no tuviera que alzar demasiado el cuello, con pelo castaño arenoso y ojos amables, se acercó a ella con una sonrisa decididamente anodina en su rostro ordinario.

¿Siempre había sido tan pálido como el dulce blanco, un postre que ella detestaba?

Arthur tomó la mano de Beryl y se inclinó sobre ella, aunque sin besar sus nudillos enguantados.

—Ha vuelto —le dijo él con su voz normal y tranquila, como si se hubieran visto hacía apenas una semana.

Ella suspiró ante las palabras sin pasión de su futuro marido, por el que no sentía más que por cualquiera de los otros hombres de la sala.

¡Maldita sea!

¿Dónde estaba la excitación? En algún lugar de alta mar con Philip Carruthers, esa era la respuesta sincera, aunque infeliz.

Simplemente le llevaría tiempo recordar lo mucho que le importaba su vizconde. La comparación con el capitán de un barco y con un pirata de mala muerte era injusta.

—Tiene buen aspecto —continuó él, soltando su mano.

—Al igual que usted, milord. Me alegro de verle. —Ella se tragó el nudo en la garganta, que indicaba que estaba mintiendo.

—Debe de resultar extraño estar de vuelta en Gran Bretaña y rodeada de su familia y amigos. Imagino que se sintió sola en su viaje.

En realidad, al ser la única mujer a bordo de un buque de la Armada, había tenido que luchar por un minuto de soledad. Sin embargo, todos los momentos con cualquiera de los oficiales de Su Majestad los había pasado también junto con su padre o su doncella como carabina. En cualquier caso, aunque algunos eran guapos o inteligentes, todos eran demasiado íntegros.

Más bien como Arthur. Si estuvieran a solas en ese momento, ¿la atraería hacia él y la besaría, le diría lo mucho que la había deseado?

Porque, en verdad, ningún hombre que le hubiera prestado atención a bordo del Wellesley parecía del tipo que haría eso. Tampoco su prometido.

Por supuesto, en la vida había más cosas que ser besada. Y ciertamente, Beryl quería experimentar todo lo que seguía a un beso.

Entonces, ¿por qué le costaba imaginarse a alguien que no fuera el capitán Carruthers?

—¿En qué estás pensando? —le preguntó Eleanor, mientras esperaban el siguiente vals—. Tienes una expresión lunar.

—¿Lunar? ¿Eso existe?

Eleanor se rio.

—Si no, debería de hacerlo.

Con la siguiente pareja de baile de Eleanor y Arthur charlando cerca, la mejor amiga de Beryl bajó la voz y le susurró al oído.

—¿Recordando a lord Corsario?

Beryl casi deseó no haberle contado todo a Eleanor, pero eso era lo que hacían las mejores amigas. Por desgracia, aún no habían decidido cómo manejar el asunto del collar.

La sugerencia de Eleanor, aunque prudente, le parecía extremadamente lenta: ir a las oficinas del *London Times* y leer todos los números impresos en los últimos tres años para encontrar alguna mención al robo de una joya tan extraordinaria.

La segunda sugerencia de su amiga fue solo dársela al padre de Beryl y dejar que él se ocupara. Beryl tenía la sensación de que él se enfadaría al saber que ella se lo había ocultado. Así que, como no parecía importarle a nadie, Beryl no hizo nada, esperando su momento.

Una semana dio paso a otra, y un baile vino después de otro, a veces con su prometido, a veces con otra pareja.

En el siguiente baile, Beryl se quedó momentáneamente sola, mientras Arthur en algún lugar de la sala susurraba a la oreja de un diputado, y la madre de Beryl estaba sentada cerca, como siempre. Eleanor acababa de marcharse para dirigirse al salón de las damas, y Beryl miraba fijamente su vestido color azafrán.

Con un sobresalto, se dio cuenta de que era del mismo color que el pelaje de Leo. Esperaba que el gato y su dueño estuvieran bien.

Sin prestar atención a quien estaba anotando en ese momento su nombre en su carné de baile, de repente, Beryl escuchó su voz.

—Señorita Angsley, me he reservado el próximo baile.

Ella levantó la mirada y no pudo evitar un grito ahogado, boqueando después como un pez cuando el capitán Carruthers soltó su tarjeta de baile, dejando que oscilara sobre la muñeca de Beryl.

—¡Capitán! —Ella pensó en dos cosas a la vez: en sus besos y en el collar. Su mano revoloteó hacia el colgante de berilo amarillo dorado que llevaba esa noche, como si las joyas robadas fueran a aparecer de repente alrededor de su cuello.

¿Estaría muy enfadado con ella?

La mirada de Philip siguió el movimiento de su mano hasta su garganta, y luego volvió a sus ojos, adivinando sin duda sus pensamientos.

—A su servicio, señorita Angsley.

Si estaba a su servicio, ¿por qué su tono sonaba molesto, incluso tenso y antipático? Ella sabía exactamente por qué: él quería sus joyas robadas.

Y todo lo que ella quería era rodearlo con sus brazos.

—¿Cómo puede estar aquí? —preguntó ella, sintiéndose lenta. ¿No estaba él en el Robert, navegando por algún océano en alguna parte?

—Londres es mi hogar. Es cierto que este baile es más que tedioso, y puedo pensar en lugares en los que preferiría estar. —Mientras hablaba, cogió su mano y se inclinó sobre ella, llegando incluso a llevarse los nudillos enguantados a los labios.

Lamentablemente, a ella le pareció que aquello era solo un gesto sin ningún sentimiento verdadero.

—Sin embargo —añadió él—, la busqué y me dijeron que estaba aquí. Por lo tanto, aquí estoy.

De nuevo, ella se quedó sin aliento. ¡Él la buscó!

—¿Ha venido al baile buscando mi compañía?

Tan pronto como lo preguntó, Beryl se dio cuenta de lo absurdo de su pregunta y de las emociones que se agitaban en su cabeza y en su corazón. Evidentemente, él estaba allí por el collar, y solo por eso, y pronto sacaría el tema.

Los ojos oscuros de Philip se entrecerraron.

—Tenemos tiempo antes de nuestro baile. ¿Le apetece una limonada o un champán?

El capitán le estaba ofreciendo una bebida en un baile en Londres. ¡Qué surrealista!

Al observarlo, Beryl se dio cuenta de que tenía el cabello bien peinado y recortado, y que su ropa estaba totalmente a la moda.

¿Por qué sintió una ligera decepción?

¿Este Philip Carruthers de la vida real coincidía con el de su memoria? ¿Y si lo había imaginado todo? ¿La chispa? ¿La emoción de su beso?

Se había quedado con la excitante idea de que él habría hecho más cosas con ella, si no fuera por la interrupción de su segundo beso cuando lo llamaron a cubierta.

Sin embargo, eso fue antes de que él descubriera su engaño. Beryl supuso que eso lo había cambiado todo.

—Champán, por favor —dijo esta, sabiendo que lo seguía mirando como si fuera un animal del zoo.

Tras su petición, él desapareció entre la multitud.

Mirando a su alrededor, Beryl vio el rico vestido azul zafiro de su madre. La señorita Angsley estaba inmersa en una conversación con otra dama de su edad. Así que ella no había visto al capitán.

¿Y dónde estaba Eleanor? Beryl quería que alguien diera fe de la presencia del hombre y que le dijera que no estaba perdiendo la cordura.

Afortunadamente, su mejor amiga volvió a aparecer.

—Tenían perfume francés en la sala de descanso. Huele —dijo Eleanor, inclinándose para que Beryl pudiera oler su cuello.

—Celestial. Escucha, nunca lo creerás, pero el capitán Carruthers está aquí.

—¡Qué! —exclamó Eleanor en voz alta—. ¿Dónde? Señálalo ahora mismo o me moriré de curiosidad.

Por primera vez desde que vio al capitán, Beryl se relajó con una carcajada. Su amiga era la misma Eleanor de siempre, entusiasta y vertiginosa. Es más, ella misma estaba a salvo en Londres. El aire general de amenaza que había persistido a lo largo de su viaje no tenía poder sobre ella aquí. Por lo tanto, no había ninguna razón para ponerse nerviosa o ansiosa por la aparición del capitán.

Excepto por el hecho de que ella le había quitado algo de gran valor, y él lo quería de vuelta.

—Ha ido a buscarme champán —le dijo Beryl a Eleanor, que sonrió.

—He vuelto con su champán —dijo claramente la voz de Philip detrás de ellas.

Beryl, junto con Eleanor, se giró lentamente para mirarle. Sintió que su amiga daba un pequeño respingo. Después de todo, Philip Carruthers era divinamente guapo, ¡y había venido desde China al baile de los Mallory para verla! A pesar de saber que lo había hecho por el collar, todavía le hacía gracia que cruzara el globo y asistiera a un baile para acercarse a ella.

Además, él tenía no una, sino dos copas de champán, que ahora les tendía.

—¿Cómo ha...? —comenzó a decir Eleanor.

—Vi desde el otro lado de la habitación que la señorita Angsley tenía compañía —dijo él, dirigiéndose a Eleanor—. Nunca dejaría a una dama sedienta.

«Dudoso», pensó Beryl. El champán extra era probablemente para él. Sin embargo, fue un bonito gesto.

—Capitán Carruthers, esta es mi querida amiga, la señorita Blackwood.

El capitán tomó la mano libre y enguantada de Eleanor en la suya y asintió sobre ella sin besarla. Beryl lo observaba atentamente, comparando el saludo que le había dirigido a ella con el que le dedicó a Eleanor.

Beryl sacudió la cabeza ante su propia ridiculez. No iba a sentir realmente una punzada de celos a los pocos minutos de ver al hombre, ¿verdad? Después de todo, su prometido estaba en algún lugar cercano, y ella había sido retenida por varios hombres en los bailes desde su regreso a Londres. Mientras que ella y Eleanor podrían ser las primeras mujeres que el capitán había tocado desde su viaje.

Tontamente, esperaba que así fuera.

—¿Cuándo llegó a casa, capitán? —preguntó Beryl.

—Solo hace dos días.

—Y aquí está usted —observó Eleanor, lanzando una mirada a Beryl—, ya de paseo en un baile. ¿Le gusta mucho bailar?

Beryl oyó la alegría en la voz de su amiga. Obviamente, Eleanor lo estaba instando a admitir que lo que tanto le gustaba era, de hecho, Beryl. Ella y Eleanor habían discutido sobre los besos desde todos los aspectos y ángulos. Además, Eleanor, una romántica que aún no había experimentado un amor verdadero propio, estaba convencida de que el capitán se había enamorado perdidamente de su amiga.

¿No había considerado Eleanor cómo el robo del botín del capitán por parte de Beryl podría haber cambiado cualquier sentimiento cálido que él hubiera tenido? Beryl estaba segura de que esa noche él solo tenía en mente las brillantes joyas.

El capitán se detuvo un momento, miró por encima de sus cabezas hacia el salón de baile y luego volvió a mirar a Eleanor.

—Señorita Blackwood, la verdad es que no soy muy aficionado a la danza, sobre todo, después del tiempo que he pasado alejado de este tipo de asuntos, solo para volver y encontrarlo exactamente igual.

—Ya veo —dijo Eleanor—. Mientras que usted ha cambiado desde sus viajes, Londres no lo ha hecho. Sin embargo, tal vez no sea necesario. Tal vez el aspecto social de Londres es precisamente como debe ser para la gente que lo disfruta.

El capitán ofreció su primera pequeña sonrisa de la noche.

—Es usted más sabia de lo que debería serlo por su edad, señorita Blackwood.

Eleanor se sonrojó.

—Es solo que estoy de acuerdo hasta cierto punto. Yo, por mi parte, encuentro que la Temporada y sus eventos son un mal necesario, aunque prefiero estar en la casa de campo de mi familia.

Beryl pensó que podría estar presenciando el comienzo de un coqueteo, y medio esperaba que el capitán estuviera de acuerdo con los méritos del campo y llevara a Eleanor a una vida feliz entre flores y pájaros.

Estaba siendo una tonta y, de nuevo, sintiendo la neblina verde de los celos, tan poco habitual en ella. Nunca había pensado en si Arthur había estado en compañía de alguien más durante su largo tiempo de ausencia.

—Ya que ha escrito su nombre en mi tarjeta —intervino Beryl—, y nuestro vals está a punto de comenzar, ¿puedo preguntar si desea bailar?

—De hecho, sí —dijo él, tomando la copa de sus manos y poniéndola en una mesa cercana—. Si nos disculpa, señorita Blackwood.

Después de asentir a Eleanor, Philip condujo a Beryl hacia el parquet.

—Los bailes son tediosos, y a usted no le gusta especialmente bailar —le recordó Beryl mientras empezaban a moverse en la formación junto a los otros bailarines—. Entonces, ¿por qué lo hacemos?

—Bailar juntos, especialmente el vals sin cambiar de pareja, es una forma perfecta de hablar en privado sin llamar la atención.

Ella había acertado.

—Ya veo.

—Aprovechemos nuestro escaso tiempo, ¿de acuerdo? Me ha robado algo, y lo quiero de vuelta.

Capítulo 10

Beryl había estado preparada para esta declaración desde el momento en que lo vio. Por supuesto que él quería recuperarlo. Era un pirata.

—¿Es suyo?

Su sonrisa de lobo hizo que algo dentro de su estómago se retorciera incómodamente. Beryl quería tocarle la cara, pasarle los dedos por el pelo cuando sonreía así.

—Una pregunta impertinente —dijo Philip—, de alguien que abrió el baúl de otra persona y robó lo que no le pertenece.

Beryl levantó una ceja.

—Imagino que ya lo habían robado antes.

—Unas cuantas veces, de hecho —convino él.

—Entonces, ¿en qué se diferencia mi liberación de su posesión de los robos anteriores que llevaron el objeto a su barco y a su baúl? ¿En qué se diferencia de sus propios robos?

Ella sintió que él suspiraba con todo su cuerpo.

—Todavía no puedo creer que haya cogido la llave de mi abrigo y se haya dedicado a husmear en mis objetos personales, sobre todo, después de que la rescatara y le diera la hospitalidad de mi propio camarote.

Sonaba terrible cuando lo decía así. Excepto que...

—No veo cómo el objeto puede ser un objeto personal suyo. Además, con su colorido, no le sentaría nada bien. —Beryl hablaba en broma, pero tenía ganas de darle un pisotón.

Ante sus palabras, el capitán pareció verla por primera vez, mirándola fijamente a los ojos un momento antes de empezar a reír.

—Eso fue gracioso —dijo él al fin. Luego, un momento después, su comportamiento volvió a ser serio—. Confiaba en usted.

Ella hizo una mueca. ¿Por qué le molestaba su afirmación, que se remontaba al pasado? ¿A quién le importaba si un pirata confiaba en ella o no?

—Me devolverá el collar —insistió él.

—Porque le hará ganar mucho dinero —supuso ella.

—Por supuesto. Porque era mi misión, un encargo de la reina.

—¡Bah! —dijo Beryl.

—¿Otra vez bah? ¿Cómo se atreve?

Ella se encogió de hombros mientras bailaba, sabiendo que era decididamente impropio de una dama.

—Me atrevo porque puede decir cualquier cosa y esperar que me lo crea.

Philip parecía a punto de sufrir una apoplejía, como si quisiera estrangularla, e incluso parecía más guapo.

—Sí, he navegado hasta Oriente para recuperar el collar —dijo él—. Por desgracia, también la recuperé a usted.

¡Oh! Ahora sí que estaba siendo mezquino.

—Entonces se lo devolveré yo misma —le dijo Beryl, complacida al ver su mirada de desagrado.

—No lo hará. No le corresponde...

—Gracias por el baile, capitán —dijo Beryl, cuando la música terminó—. A pesar de que no le guste bailar, es una excelente pareja de baile.

Antes de que él pudiera decir algo más, ella se dio la vuelta y se alejó. Con suerte, Arthur estaría cerca, quizá buscándola. Si no, desaparecería entre la multitud, pues tenía el presentimiento de que Philip Carruthers no se dejaría despedir tan fácilmente.

CON LA MANDÍBULA APRETADA, Philip observó a Beryl alejarse con un confiado movimiento de caderas. Su fastidio luchaba con la atracción que sentía por ella. En cuanto la vio en el amplio salón de baile de lord Mallory, sintió la atracción del deseo con la misma fuerza que lo hizo en su barco.

Sin embargo, ella estaba siendo innecesariamente difícil, y él no podía permitir que continuara. Tenía hombres y sus familias a las que pagar.

Así que la siguió hasta que ella se instaló junto a un caballero que había estado conversando con otra persona, pero que se fijó en ella en cuanto apareció.

¿Quién no lo haría? Con su impresionante vestido amarillo anaranjado, sin duda de seda traída de Oriente, Beryl era exóticamente bella.

Entonces sus manos se tocaron brevemente, la de Beryl y la del desconocido. Ella se acercó y le dijo algo. El hombre sonrió, le metió la mano bajo el brazo y se la llevó.

Philip lo odió al instante. Sin embargo, no iba a montar una escena, y era obvio que ella no iba a cooperar, no cuando era tan fácil alejarse.

Así, unas horas más tarde, actuando como el mismísimo pirata que ella creía que era, encontró una entrada a la casa de la familia de ella junto a Hanover Square, a través del callejón trasero y de un enrejado especialmente resistente.

Dejando a Leo en el fondo —el testarudo animal seguía acompañándole sin ser invitado a cualquier cosa que oliera a aventura, saltando a un carro o encima de él si se le negaba la entrada—, Philip comenzó a trepar.

Incluso con las rosas llenas de espinas, el ascenso no era nada comparado con subir a un mástil para alcanzar el cielo. Supuso que podría haber forzado la cerradura de la entrada de los sirvientes al sótano, pero entonces tendría que arriesgarse a ser sorprendido subiendo al menos tres tramos de escaleras.

Afortunadamente, acabó entrando por una ventana al rellano de arriba y no en el dormitorio de sus padres. Aun así, tenía que encontrar su habitación. Esto era un poco diferente a abordar el barco de un enemigo, haciendo ruido para asustarlo y sabiendo a dónde se dirigía.

De puntillas por el oscuro pasillo, lo único que sabía con certeza era que la habitación de ella estaría en este nivel, junto a la de sus padres. Más arriba estarían los hermanos menores para los que no hubiera sitio en esta planta, y más arriba, la clase más baja de los sirvientes. En la planta inferior estarían las zonas comunes, un salón y una sala de estar, y más abajo, una biblioteca y un comedor.

Por último, manteniendo toda la casa a flote, por así decirlo, estaba el sótano, con la cocina y otras zonas de servicio.

Después de tanto tiempo en la recortada y compacta zona de los Robert, a Philip le seguía pareciendo casi un derroche el amplio espacio de las casas adosadas de Londres, incluso la de su propia familia.

Al ser la distribución de esta tan similar a la suya, supuso que los padres de ella tenían la habitación más grande en la parte trasera, y que la de Beryl estaría en la esquina delantera que daba a la calle. Todo su plan dependía de que tuviera razón.

Levantando el pestillo, empujó la puerta para abrirla lenta y silenciosamente. Las bisagras estaban bien engrasadas y no hicieron ningún ruido. Al girar la cabeza en torno a la abertura, en la cámara oscura, pudo distinguir una habitación que parecía la de una mujer joven, con una cama con dosel lleno de volantes. El vestido que ella había llevado esa noche estaba cuidadosamente colocado sobre un diván, pero no pudo ver nada más, ya que las cortinas estaban corridas, salvo un pequeño hueco.

Gracias a Dios por ese hueco y por la luz de la luna, ¡si no, estaría todo negro como la bodega de un barco!

Philip sacó una cajita del bolsillo y encendió con rapidez una cerilla. Sí, era su vestido. Al mirar hacia la cama, supo que la figura que había en ella era Beryl.

Agitando la pequeña llama, se dirigió a las cortinas y las descorrió para permitir que la luz de la luna entrara lo suficiente como para que pareciera casi la luz del día, iluminando desde la alfombra persa hasta las intrincadas molduras de corona que adornaban el techo.

Sin embargo, ella no se movió. Eso era lo que el champán y el baile hasta la una de la madrugada le hacían a una persona. En cuanto a sí mismo, con el corazón acelerado por la atrocidad de irrumpir en la casa de un aristócrata londinense, Philip se sentía totalmente alerta.

No podía hacer más que despertarla con la mayor delicadeza posible y rezar a Poseidón para evitar que gritara. Primero, volvió a la puerta y la cerró con llave. Si le descubrían, quería tener una pequeña advertencia, aunque fuera a través del traqueteo del pestillo. Tal vez saltaría por la ventana delantera a la calle de abajo si fuera necesario.

La idea de romperse los huesos y quedar tirado en el pavimento no le atraía, y esperaba poder acabar con esto y escapar antes de que los primeros sirvientes se levantaran y comenzaran sus tareas.

Para ello, Philip se acercó a la cama. Ella estaba de lado, de cara a la pared más lejana. Rodeando la cama, se acercó y tocó su hombro mientras decía su nombre.

—Beryl.

Ella murmuró algo.

—Beryl —intentó de nuevo—. No se alarme.

Incluso con la advertencia, tan pronto como ella abrió los ojos, también abrió la boca. Preparado para tal reacción, Philip se la tapó con la mano, arrodillándose ante la cama para mantenerse firme.

Ella comenzó a agitarse, probablemente aún le costaba darse cuenta de quién era él.

—Soy yo, Philip Carruthers.

Beryl se calmó de inmediato.

—No quiero hacerle daño. ¿Entiende?

Ella asintió bajo la palma de su mano, y él la soltó. Observando cómo ella aspiraba una profunda bocanada de aire, Philip rezó para que no la expulsara en un grito de terror. No lo hizo.

En cambio, si sus ojos no le engañaban, sonrió.

—¿Qué, no hay un saco de arroz para cubrirme la cabeza? —preguntó ella, mirándolo fijamente desde su almohada.

Ahí estaba su irónico sentido del humor.

—No, porque no pienso secuestrarla. —Aunque la idea de llevarla a su barco y no soltarla nunca tenía cierto atractivo.

—¿Cómo ha entrado aquí? —preguntó ella.

Una pregunta razonable.

—Trepé por la parte trasera de su casa.

Para su sorpresa, ella soltó una risita.

—Eso estuvo muy mal por su parte —dijo cuando se recompuso—. Podría haberse herido, y si hubiera entrado en la habitación de mis padres, podrían haberle disparado.

—Pienso exactamente lo mismo, y habría sido por su culpa.

Ella se sentó.

—¿Cómo puede decir que su comportamiento es culpa mía?

De repente, a Philip se le secó la boca y la mente se le quedó en blanco. Ella era toda una visión, con su pelo en una gruesa trenza sobre su hombro, sus ricos ojos marrones abiertos de par en par, y sus labios entreabiertos, esperando su respuesta.

Y solo llevaba un camisón rosa pálido con ribetes de satén. Este se ceñía a sus pechos, y él podía ver claramente el contorno de sus pezones.

¡Caramba!

—¿Capitán? —preguntó ella ante su silencio.

Él esperaba no estar babeando, pero lo único que podía hacer era mirarla.

Entonces, al darse cuenta de su estado de desnudez, Beryl cruzó los brazos sobre su glorioso pecho.

¡Qué pena! Philip creyó haber visto unos brotes de color rosa oscuro a través de su camisón, y ahora toda la tentadora vista estaba oculta.

—Quiero que abandone mi habitación de inmediato. ¿Se da cuenta del daño que sufriría mi reputación si nos descubrieran?

Fue su turno de reír.

—Estuvo a bordo de un junco chino con quince piratas, y luego a bordo de mi barco durante días con una tripulación de veintisiete personas, incluido yo, en cuyo camarote usted durmió. ¿Y ahora se preocupa por su reputación?

Ella levantó la barbilla.

—Mi padre me preguntó si había sucedido algo desagradable, y le aseguré que no. Y ahí se acabó todo. Mi reputación no ha sido manchada en absoluto.

Pero Philip la había manchado. Había tomado sus labios en un beso glorioso, y si se le daba la oportunidad, la mancillaría un poco más. De hecho, tenía muchas ganas de hacerlo en ese mismo momento.

No sería necesario inclinarse un poco más y reclamar sus labios. Ella ya estaba en la cama. Recordó lo cálida y flexible que podía ser. Seguramente podría volver a hacerla así y seducirla antes del amanecer. Al fin y al cabo, solo había una fina prenda entre ellos.

Sin embargo, al fin y al cabo, era un caballero.

—¿Dónde está el collar? No me iré sin él.

Ella asintió.

—Sí, lo hará.

Él quiso arrancarse los pelos.

—Le he dicho que estaba en una misión para la reina Victoria, y la misión no termina hasta que cumpla el encargo y le entregue el collar a Su Majestad. Debo ser yo quien lo haga para poder pagar a mi tripulación.

—Eso puede ser cierto, o puede ser una mentira fantástica. —Ella alisó la ropa de cama bajo sus dedos. Luego lo miró fijamente—. ¿Lo tiene por escrito?

—De hecho, lo tengo. Tengo una carta de ella.

Beryl asintió con la cabeza, con un aspecto bastante razonable y sin complejos para una joven que lleva a cabo negociaciones desde su cama.

—Entonces lo veré mañana. Nos reuniremos en un lugar determinado. No en mi habitación. Traiga la carta y yo llevaré el collar.

Philip reflexionó. En cualquier caso, ya era casi mañana. ¿Qué podían importar unas horas?

—Supongo que es una mujer de palabra.

—Lo soy —aceptó ella—. Además, ¿qué opción tiene?

Él deseó que ella no lo hubiera desafiado de esa manera.

—Podría saquear su habitación al estilo pirata hasta descubrir mi tesoro.

—Y hacer caer la casa sobre su cabeza —le recordó ella.

—Podría saquear tranquilamente —le aseguró Philip.

Eso provocó una sonrisa en ella, una hermosa sonrisa que a él le hizo pensar en otra cosa.

—Podría besarla para que accediera a mis exigencias.

Los ojos de ella parecían brillar a la luz de la luna, y él contuvo la respiración, esperando su respuesta.

Beryl se lamió los labios y él casi gimió en voz alta.

—Podría intentarlo —se atrevió a decir ella, con una voz suave y ronca.

¡Oh, sí! Si eso no era una invitación, Philip no sabía qué era.

Sin dudarlo, pues no sabía cómo había esperado tanto tiempo para tocarla, llevó su mano hacia la nuca de Beryl y luego la besó.

En cuanto su boca tocó la de ella, el deseo corrió por sus venas. Por la forma en que Beryl separó sus labios, permitiéndole profundizar el beso, seguramente ella sentía lo mismo.

Empujándola de nuevo sobre la cama, Philip cubrió su cuerpo con el suyo, apoyándose en los antebrazos para no aplastarla, y continuó bailando con su lengua.

Al saborear la dulzura de Beryl recordó su esencia, lo poderosamente tentadora que era, incluso cuando estaba hacha un desastre el Robert. Lo era aún más ahora sobre sábanas limpias, con un ligero aroma floral que se aferraba a su cabello y a su piel.

Cuando las manos de ella le agarraron por los hombros, manteniéndolo en su sitio, se sintió como un rey. Se metió el labio inferior de ella en la boca, lo acarició y lo mordisqueó, y se deleitó con sus suaves gemidos.

Y luego bajó la cabeza y le besó la mandíbula, bajando por el delgado cuello que ella arqueó debajo de él, dejando al descubierto su pulso en la base.

Podía sentir los latidos de su corazón tan rápidos y feroces como los suyos.

Sobre su suave piel, dejó que su lengua acariciara la clavícula y bajara por las olas de su pecho hasta llegar al valle que había entre ellas. Ella se retorcía bajo él, y sus manos se aferraban a su pelo.

Con los dientes, arrastró el fino y suave escote del camisón hacia abajo.

Este se desprendió con facilidad, exponiendo sus pechos a su mirada, y luego a su boca.

Con la más suave de las lamidas, su lengua acarició sus pezones, luego comenzó a chupar con más fuerza, y al hacerlo, Philip sintió que las caderas de Beryl se levantaban bajo él.

—*Mmm...* —gimió ella.

La ingle le dolía de necesidad por ella. Pero esta era una dama de la alta sociedad. ¿Podría satisfacerla sin robarle la virginidad? Se propuso intentarlo.

Para ello, Philip se apartó, sintiendo el escozor de los dedos de ella que le arrancaban el pelo. Sus párpados se abrieron y lo miró, con un aspecto despeinado y hermoso.

—No se vaya —murmuró Beryl, confundiendo su movimiento—. Le necesito...

Pensando en la precariedad de su posición en la alcoba de ella, con el amanecer que se avecinaba en unas horas, los sirvientes a punto de despertar y las calles de Londres cobrando vida fuera, Philip se apresuró a subirle la parte inferior del camisón.

Con el resplandor de la luz de la luna, pudo ver claramente la pálida piel de sus tobillos, luego sus pantorrillas y, por último, sus suaves muslos. Desnuda bajo el camisón, estaba bañada por la luminiscencia blanca, incluidos los suaves rizos sobre su dulce montículo.

Tenía que tocarla. Cuando pasó la mano por el vientre plano y los rizos, las caderas de ella se levantaron.

—Relájese, dulce dama —susurró. Luego sumergió el dedo entre sus pliegues y la acarició.

—Oh —entonó ella, y sus hermosos ojos volvieron a cerrarse.

Estaba húmeda al contacto con él. Asombrado por su pasión, continuó acariciándola, primero con suavidad y luego acelerando la velocidad a medida que sus caderas se agitaban bajo su mano. Fue uno de los momentos más sensuales que había vivido, observando su rostro mientras experimentaba sus caricias.

Inclinándose sobre ella mientras continuaba con su trabajo, se llevó el pezón a la boca, chupando la punta endurecida.

—Philip —dijo ella, agitando la cabeza—. ¡Sí!

Y al parecer, la había llevado al límite. Con otro grito, que él sofocó con rapidez con su boca sobre la de ella, Beryl se liberó para él, llegando al clímax con facilidad, y sus músculos siguieron tensándose y relajándose mientras él la acariciaba.

Al fin, cuando ella se relajó en la cama, suspirando de placer, él retiró su mano.

Ella lo miró fijamente.

—Es un pirata. —Fueron sus primeras palabras.

Él sonrió, a pesar de que su miembro endurecido presionaba dolorosamente contra sus pantalones.

—Puede que lo sea. Ahora, ¿me dará el collar?

—No. —Beryl levantó la mano y lo atrajo hacia su boca para besarlo de nuevo—. *Mmm…* —tarareó ella.

Resultó que se había vuelto bastante hábil besando. Ella le lamió la comisura de los labios y, cuando él abrió la boca, le metió la lengua, haciéndose eco de lo que él había hecho.

Era emocionante que una mujer le saqueara la boca.

—Me siento agotada, pero de una manera estimulante —dijo Beryl cuando por fin se retiró.

—Yo me siento frustrado —confesó Philip.

Beryl soltó una risita.

—Lo siento —dijo esta, sin parecer arrepentida en absoluto—. Sé lo suficiente como para entender que eso era solo la mitad del acto. —Le señaló con un gesto—. Porque todavía tiene los pantalones puestos.

Él soltó una carcajada ante su comprensión básica del «acto», como ella lo llamaba.

—Es aún mejor cuando uno lo hace todo —prometió él—, pero entonces ya no podría llamarse inocente ni ir al día de su boda declarándose pura para su marido.

El hecho de que ella se casara le pareció una idea terrible y que puso a Philip de mal humor al instante, sin duda, alimentado por su cuerpo insatisfecho.

Su disposición solo se oscureció aún más cuando ella dijo un nombre con una espacie de jadeo.

—¡Arthur!

¿Arthur?

—¿Quién?

—Mi prometido —dijo Beryl en un susurro—. El vizconde, lord Arthur Wharton.

¿Era Philip poco inteligente, lento, un tonto? ¿Cómo es que no sabía nada de un prometido? Recordó al hombre con el que la había visto antes en el baile de los Mallory.

Por supuesto, una mujer como la señorita Beryl Angsley estaría comprometida. Lo único que le extrañaba era que no estuviera ya casada. Sin embargo, él había supuesto que si ella tenía ese vínculo, no habría navegado por medio mundo.

Y él estaba acostado con ella en su cama. Además, acababa de poner las manos sobre su persona. Y los labios. Y la lengua. Casi sintió pena por Wharton.

Philip tuvo que recordar lo que le había llevado a su casa.

Seguramente no había ido allí para besar a Beryl y hacerla llegar al clímax. ¿No era así?

—¿Está seguro el collar? —preguntó él al fin.

Aunque solo lo había visto un momento en el barco pirata, su rara e impresionante belleza se había grabado en su memoria. En ese momento, podía imaginarlo alrededor del esbelto cuello de Beryl, con las perlas colgando sobre sus exuberantes pechos, igualmente impresionantes.

Al pensar en ello, su pene se puso duro de nuevo, sintiéndose tan largo como un palo de mesana. Levantándose con rapidez de la cama, Philip tuvo que poner un poco de distancia entre él y esta sirena de mujer para que su cuerpo pudiera calmarse.

—Está seguro —dijo ella, bajándose el vestido—. Aprendí a ocultar cosas gracias a mi experiencia en su barco.

¡Qué cosa tan extraña!

Philip suspiró. Eso pertenecía al pasado. Estaban en casa, y ella iba a casarse con un vizconde. Cuanto antes saliera de su vida, mejor.

—Muy bien —dijo—. ¿Dónde y cuándo? Es casi el amanecer. ¿Nos encontramos antes o después de la comida del mediodía?

—Cuando dije mañana, me refería a mañana, no a este día, aunque todavía parece que fue anoche, ¿no?

—Está hablando en clave. ¿Está dando rodeos? —preguntó él. ¿Se aferraría ella al collar para mantenerlo a él en su vida?

Sacudiendo la cabeza ante sus propias esperanzas, Philip esperó con las manos en la cadera.

—Mañana —repitió Beryl—. Mi madre pensaría que es extraño que me apresure a salir hoy después de llegar a casa tan tarde. Cuando no estamos en la Temporada alta, normalmente descansamos en casa el día después de un baile. Si ella hace preguntas, tendría que mentirle, y no me gusta mentir.

Beryl lo miró fijamente. ¿Creía ella que él le estaba mintiendo sobre algo?

—Además, si es mucho más tarde, mi madre querrá ir conmigo.

Eso no serviría. ¿Cómo iba a besarla de nuevo en su próximo encuentro, si su madre estaba merodeando por ahí?

«Alto», se dijo a sí mismo. Si había albergado alguna idea de que podría conquistar de algún modo el corazón y la mano de la señorita Angsley —y, en verdad, había fantaseado con ello—, ahora se daba cuenta de lo absurdo que era. Ella estaba comprometida con un par del reino.

Tenían que concluir este asunto del collar, y luego él tenía que jurar dejarla en paz. En ese momento, sin embargo, deseó poder quedarse allí todo el día y mirarla, con las mejillas sonrojadas, los ojos brillantes y el cabello despeinado. Tenía un aspecto totalmente delicioso, a pesar de ser una descarada exasperante.

—Una vez más, le pregunto. ¿Dónde y cuándo?

Capítulo 11

—¿La catedral de San Pablo? —pensó Beryl en voz alta, pero luego decidió un lugar mejor—. No, el parque de St. James. Duck Island. Mi madre sabe que me encanta ir a ver los pelícanos. Estaré allí mañana a la una.

¿Era una tontería que él no pudiera esperar a que pasara el tiempo hasta entonces?

—¿Y llevará el papel que demuestre que recuperaba el collar en un encargo de la reina? —insistió ella.

—La carta de corsario dice que estoy autorizado por la reina Victoria. No menciona el collar.

—Ya veo.

¿Estaba jugando con ella?

Philip negó con la cabeza.

—No me importa el tono dudoso de su voz ni su ceño fruncido.

Se acercó a ella y le acarició la frente.

—Puedo demostrarle que era mi misión —añadió él—. Escuche, y se lo diré lo más breve y claramente posible, y luego será mejor que me vaya antes de que la comprometa y tengamos que casarnos.

Ella se encogió de hombros, manteniendo una expresión plácida cuando en su interior los latidos de su corazón se habían acelerado ante sus palabras. ¿Y si tuvieran que casarse? ¿Se enfadaría él ante la perspectiva?

Por un instante, Beryl pensó que sería fortuito que uno de sus padres se presentara allí. Luego pensó en la vergüenza y en cómo les decepcionaría. Y, por supuesto, estaba Arthur.

Sentada en la cama, apretó el cobertor de raso contra su pecho, observando cómo él seguía sus movimientos. ¿Cómo iba él a demostrar que el collar no era un simple botín pirata que había encontrado por casualidad en China?

—Dígame —le instó ella—, y luego, como ha dicho, debe irse.

—Las perlas grises del collar pertenecieron anteriormente a la reina María Antonieta, y fueron introducidas de contrabando en Inglaterra por Isabel, condesa de Sutherland, esposa de un diplomático británico. La reina de Francia pretendía que la condesa se quedara con ellos solo hasta que escapara del Temple, donde María Antonieta estaba encarcelada con su familia, o hasta que los leales triunfaran sobre la revolución. Sin embargo, un año más tarde, la reina había sido decapitada y ya no podía utilizar sus joyas. Naturalmente, los Sutherland se las quedaron.

—Qué triste —dijo Beryl, y lo dijo en serio.

Philip se encogió de hombros y continuó su relato.

—Hace años, los Sutherland utilizaron algunas de las perlas de la reina francesa para crear un collar para una novia de la familia. La actual duquesa se encontraba en palacio, desempeñando sus funciones de camarera de nuestra reina. En una cena de estado a la que asistieron los embajadores ante el emperador Qing, llevó el collar, y se lo quitó esa misma noche en su habitación de palacio. Y esa fue la última vez que lo vio.

—Alguien lo robó del palacio —reflexionó Beryl, tratando de imaginar tal audacia—. Y como los emisarios del emperador estaban de visita, naturalmente, le enviaron a usted a China a buscarlo.

—Exactamente. Como puede imaginar, la duquesa de Sutherland quiere recuperar su collar. Cualquiera de las joyas de María Antonieta es rara, al menos en Inglaterra, aunque se las arregló para enviar el resto a su hermana, María Cristina, a Bruselas. La reina Victoria está disgustada por su dama de compañía, naturalmente, pero más que eso, está enfadada porque alguien sigue las órdenes de los manchúes para robar en el palacio de Buckingham. Podría haber sido fácilmente una orden de cortar la garganta de nuestra reina. ¿Entiende su preocupación?

—Lo hago, por supuesto —respondió Beryl—. Qué historia tan fascinante, capitán. Sin duda, se ha ganado su collar.

Él sonrió.

—Mañana —añadió ella, haciendo que la sonrisa de él se atenuara ligeramente—. Con los pelícanos. Ahora, debe irse.

De hecho, ella podía oír al trapero gritando a su paso por la calle, lo que significaba que los sirvientes debían de estar despertando en el sótano y el ático.

En lugar de salir a toda prisa de su habitación, Philip se arrodilló sobre su cama, se inclinó hacia ella y la besó de nuevo.

—Hasta mañana, *milady*.

¡Qué romántico! Como en una obra de Shakespeare o una novela de Austen.

—Hasta mañana, lord Corsario.

Ella notó que él ponía los ojos en blanco al usar su apodo.

—Cada día me siento más pirata —murmuró él, y desapareció tan silenciosamente como había llegado.

TRAS DORMIR BIEN Y levantarse después del almuerzo, Beryl seguía pensando en su cita previa al amanecer —pues así había decidido llamarla—, mientras su criada la ayudaba a vestirse. Lo único que lamentaba era haber olvidado preguntar por Leo, su suave y dulce compañero de aquellas largas horas en el camarote de su dueño. Esperaba que estuviera bien. Más aún, si era posible, esperaba volver a ver al gato.

¿Seguiría el capitán en su vida después de devolverle el collar?

Siendo sincera consigo misma, quería que lo hiciera, aunque no veía cómo sería posible. No si seguía con su plan de matrimonio con Arthur.

Por otra parte, no habría dejado que Philip la tocara como lo había hecho si su beso no hubiera confirmado de inmediato sus fuertes sentimientos por él.

Lo que había comenzado como un pequeño rescoldo de interés, se había convertido en un amor total. Era una imprudencia, lo sabía, nadie lo entendería, y menos ella misma, pero el hombre había saqueado su corazón y lo había tomado como propio.

Y no era solo un bello recuerdo de meses atrás, adornado por su fértil imaginación. Estaba ocurriendo incluso ahora. Se había sentido como si estuviera aturdida hasta el baile de los Mallory. En ese instante, al volver a ver a Philip, al bailar entre sus brazos, había revivido como no lo había hecho desde que se separó de él en la cubierta del Robert.

Incluso entonces, al pensar en el capitán, su cuerpo se calentó, y abajo, entre sus caderas, su estómago se agitó al pensar en cómo la había tocado y besado. Al instante, sus pezones se endurecieron al recordarlo. Quería que la tocara y que luego hiciera mucho más.

Además, por mucho que lo intentara, ella no podía evocar los mismos sentimientos hacia Arthur.

Quería el tipo de hombre que pudiera bailar un buen vals en un momento y al siguiente encontrar secretamente la manera de entrar en su habitación para dejarla sin sentido con su boca y sus manos. Quería a Philip Carruthers.

Cuando él mencionó que tendrían que casarse si los sorprendían juntos, ella no pudo encontrar ni un ápice de arrepentimiento. Así, no le había dado el collar, cuya recuperación era claramente un encargo de la reina. Beryl había necesitado una razón para volver a verlo. Y hacer que se reuniera con ella en la romántica isla en medio del parque, podría despertar en el hombre palabras de afecto y apego.

Esperaba que fuera un día soleado.

Si él le daba la más mínima señal de que correspondía a su afecto, se plantearía terminar su compromiso con Arthur. En ese momento, tendría que lidiar con el descontento de sus padres por haber desechado un partido ventajoso por uno dudoso.

Mientras tanto, tenía la difícil tarea de decidir qué vestido se pondría después del almuerzo del día siguiente. ¿Qué le gustaría a Philip? ¿Qué despertaría su pasión?

Entonces se rio. El capitán la había visto desnuda, salvo por el camisón que se le había subido hasta la cintura debido a sus maniobras, tanto tirando de él hacia abajo —¡con los dientes!—, como tirando de él hacia arriba. ¿Importaba ya lo que llevara puesto para reunirse con él?

En cualquier caso, a primera hora de la mañana, si podía esperar tanto, iría a visitar a Eleanor. Cómo había echado de menos la compañía de su amiga durante los muchos meses que llevaba de viaje, pues parecía que no pasaba un día sin que quisiera conversar con ella.

Mañana hablarían del reciente baile, de las modas que les habían gustado y de las que no, de quién parecía tener apego a quién y, por supuesto, de sus muchas parejas de baile, como si Beryl pudiera pensar en alguien más que en el capitán.

Y ahora tenía aún más que contarle a Eleanor, aunque no estaba segura de cuánto revelaría de las excitantes actividades de su encuentro. No le gustaría perder la admiración y el respeto de su amiga, y estaba segura de que algunas de las cosas que ocurrieron estaban fuera de los límites de la decencia.

Si Eleanor le hablaba de lo que ocurrió antes del amanecer, dejando que un hombre acariciara su cuerpo desnudo, Beryl suponía que se escandalizaría, aunque la apoyaría. Sobre todo, si el corazón estaba involucrado. Con suerte, Eleanor sentiría lo mismo, ya que Beryl realmente necesitaba discutir sus sentimientos por el capitán con su mejor amiga.

Así, a la mañana siguiente, sin esperar siquiera a la cortés hora de las diez, se dirigió a la residencia de los Lindsey en Portman Square. La hermana mayor de Eleanor, Jenny, se había casado con lord Lindsey y se había convertido en condesa, y su hermana mediana, Maggie, se había casado con el propio primo de Beryl,

John Angsley, lord Cambrey, a quien Robert Carruthers había herido gravemente. Por lo tanto, Maggie también era una condesa. Y Eleanor vivía en el regazo del lujo, entre los Lindsey en Portman Square y Cavendish Square, donde los Cambrey tenían su casa adosada en Londres.

Aunque Eleanor, siendo Eleanor, decía que prefería la casa de campo de los Blackwood en Sheffield, a muchas horas al norte, en el sur de Yorkshire. A veces su amiga era un poco rara. Pero eso la convertía en la persona que era y a la que Beryl amaba.

Distraída con pensamientos felices, casi se deslizó del asiento del carruaje cuando este se detuvo con un bandazo. El lacayo bajó de un salto y se acercó a la ventanilla.

—El camino está bloqueado por dos carruajes, señorita. Quizá sea un accidente.

—Oh. —Beryl sacó la cabeza y pudo ver con facilidad la casa de los Lindsey más adelante—. Caminaré desde aquí.

Y dejó que el lacayo de su padre la ayudara a bajar del carruaje a una manzana de la puerta de Eleanor.

—¿Volverá en dos horas? —le preguntó al sirviente.

—Por supuesto, señorita —dijo el lacayo antes de subir de nuevo al carruaje.

Ella observó cómo el cochero de su padre se las arreglaba para girar los caballos en una perfecta forma de *U* para volver por donde habían venido. Era temprano, demasiado temprano para que la mayoría de la gente estuviera de visita y, por lo tanto, salvo los carruajes que inexplicablemente bloqueaban Portman Square, las aceras estaban vacías.

Precisamente por eso oyó los pasos detrás de ella, más de un par.

Por desgracia, Beryl se giró demasiado tarde para ver el peligro. Demasiado tarde para gritar, si es que hubiese alguien que la oyera.

Entonces, el conocido y odiado saco de arroz bajó por su cabeza, impidiéndole ver mientras una mano le tapaba la boca, acallando el grito de auxilio que intentaba lanzar.

«Maldita sea», juró para sí de forma muy poco femenina.

Se dio cuenta demasiado tarde de que los carruajes aparcados habían sido una trampa para sacarla a ella del suyo.

Había sido secuestrada de nuevo, sin duda, por los mismos piratas chinos, y esta vez en el corazón de Londres.

Capítulo 12

¡Maldito infierno! Philip había esperado una hora y luego se había enfriado los talones durante otra media hora, y su enojo crecía a medida que su paciencia disminuía. Había confiado en que ella se reuniría con él.

En realidad, le sorprendía, dado su último encuentro, que Beryl lo hubiera defraudado. Ella parecía entender la importancia del collar y de su devolución al palacio de Buckingham, que estaba a solo diez minutos en línea recta, en el extremo opuesto del parque de St. James.

Al parecer, ella solo le había tomado el pelo.

Cansado de mirar a los feos pelícanos, que Leo encontraba totalmente hipnotizantes, y aún más molesto por las felices familias que acudían a verlos, Philip volvió al fin a su carruaje.

¿Y ahora qué?

Era pleno día, así que no podía volver a su habitación y enfrentarse a ella. Sin embargo, también se negó a esperar hasta el anochecer. Philip decidió conformarse con la hora civilizada de las tres, cuando las visitas aparecían a veces sin previo aviso. Demasiado tarde para el almuerzo, demasiado pronto para la cena, no se podía acusar a los invitados inesperados de pasarse por allí para comer gratis.

Al filo de las tres, llamó a la puerta de lord Angsley, refunfuñando un poco para sí mismo. Más le valía estar en casa y más le valía estar preparada para verle.

Cuando apareció un mayordomo sudoroso y agobiado —¡sudor en la sien de un imperturbable mayordomo londinense!—, Philip supo que algo iba terriblemente mal.

Antes de que pudiera anunciarse, el hombre abrió la puerta de par en par, revelando el caos. Una criada lloraba junto a una maceta de helechos. Junto a ella, un joven hacía lo mismo. Un policía se paseaba por el suelo de mármol y se oían fuertes voces en una habitación a la izquierda.

De repente, esa puerta se abrió y una mujer, evidentemente la madre de Beryl por el parecido, salió corriendo, sollozando sobre un pañuelo. Desapareció escaleras arriba, seguida por otra criada que intentaba consolarla.

Los latidos del corazón de Philip se aceleraron al entrar. Cuando de la misma habitación salió un agente, seguido por lord Angsley, a quien seguía a su vez su sobrino, el conde de Cambrey, que Philip había visto una vez unos años antes, pudo ver por qué el mayordomo estaba sudando. Se avecinaban problemas.

El policía dejó de pasearse y todas las miradas se volvieron hacia Philip, que estaba de pie en el vestíbulo, sintiéndose tan fuera de lugar como un palo de mesana en medio de la Cámara de los Lores.

—¿Qué ha pasado? —preguntó, y su instinto le dijo la respuesta antes que el padre de Beryl, ya que ella, la persona a la que Philip había venido a ver, no estaba presente por ninguna parte.

—Mi hija ha desaparecido.

Ante sus palabras, la criada lloró más fuerte.

Pero fue el conde de Cambrey quien se acercó a él, con la mirada fija en la suya.

—¿Qué está haciendo aquí? ¿Qué papel juega en esto?

Dos preguntas razonables que merecían respuesta.

Antes de que Philip pudiera empezar a pensar qué decir, lord Angsley tomó la palabra.

—Es el capitán del barco que rescató a Beryl de los piratas chinos.

La mirada del conde no vaciló.

—También es el hermano del hombre que murió estrellando su vehículo contra el mío.

—¡¿Qué?! —exclamó lord Angsley.

—Extraordinario —murmuró el alguacil.

¡Cristo!

—Eso apenas tiene importancia ahora —señaló Philip—. ¿Qué ha pasado con Beryl?

—¿Beryl? —preguntó Cambrey, frunciendo el ceño—. Llama a mi prima por su nombre de pila. No ha respondido a mis preguntas.

La mente de Philip daba vueltas, pero seguía pensando en lo mismo: Chui-A-poo.

—¿Está usted involucrado en esto, capitán? —preguntó su padre, con una expresión sombría.

—En cierto modo, supongo que sí. Estoy aquí porque su hija se llevó algo de mi camarote, algo muy valioso. Se suponía que se reuniría conmigo hoy para devolverlo. Cuando no lo hizo, vine aquí.

—Ya veo —dijo lord Angsley, sonando derrotado.

El alguacil cacareó en señal de desaprobación.

—Bueno, yo no lo veo —entonó el conde, con voz dura y acusadora—. ¿Por qué iba a tomar algo de usted, y cómo se las arregló para encontrarse con ella? ¿Y por qué ha desaparecido?

Lady Angsley había reaparecido en lo alto de la escalera, y sus sollozos se unieron a los de las criadas.

—¿Podemos retirarnos a su salón? —preguntó Philip.

El alguacil miró a lord Angsley, quien a su vez miró a lord Cambrey, el cual asintió y giró sobre sus talones. Philip respiró hondo y los siguió. Esperaba que *lady* Angsley, con sus trágicos sollozos, que no hacían sino aumentar su abyecto temor por la seguridad de

Beryl, se quedara arriba. En lugar de ello, la dama se apresuró a bajar y se colocó detrás de ellos, afortunadamente, sin la criada ni el niño llorando.

Philip explicó de forma escueta su misión para la reina y cómo Beryl supuso que era un pirata, por lo que se llevó la joya de su camarote. Más brevemente aún, dijo que ella había accedido a reunirse con él para devolverle el collar.

No hizo falta mencionar que escaló el exterior de la casa como si fuera el mástil de un barco.

—¿Un collar? —dijo su padre—. Supongo que eso tiene algo que ver con el motivo por el que se dejó esto en nuestra puerta. —Sacó del bolsillo la cadena de oro con la piedra verde, que Philip había visto por última vez en manos de Chui-A-poo.

Philip sintió que la sangre se le congelaba cuando el hombre se la pasó.

—No la había visto desde que regresamos de Oriente —añadió su padre.

—La última vez que la vi fue en manos del líder pirata —admitió Philip—. Él —o muy probablemente, sus hombres— la han secuestrado. Dijo las palabras con calma, sabiendo en sus entrañas que Chui había enviado hombres a medio mundo para reclamar al menos un tesoro. O quizá ambos.

El conde de Cambrey emitió un sonido de exasperación.

—¡Ya estoy harto de usted y de su familia! La ha metido en este lío.

Philip podía verlo desde el punto de vista del otro hombre, pero este estaba equivocado.

—El viaje de Beryl por China es lo que atrajo a Chui-A-poo, el pirata. Para él, ella es una exótica belleza occidental. La quiere como esposa.

Lady Angsley gritó en señal de negación.

—Sin embargo, también quiere el collar de la duquesa de Sutherland, que, como he dicho, yo tenía en mi poder y Beryl se llevó. ¿Tiene idea de dónde está ella? —preguntó Philip a su padre.

Lord Angsley negó con la cabeza.

—¿Se la llevaron directamente de su casa? —dijo Philip, preguntándose si alguien había visto cómo él había entrado por el callejón trasero y había hecho lo mismo.

—No, capitán —dijo *lady* Angsley, pronunciando sus primeras palabras coherentes—. Mi hija fue a visitar a su amiga la señorita Blackwood esta mañana. Nuestro cochero la dejó allí. Cuando volvió a por ella, descubrió que Beryl no había llegado a su destino.

Se le escapó otro sollozo.

Philip solo podía imaginar cómo habría reaccionado la dama si hubiera estado en Stanley cuando secuestraron a Beryl la primera vez.

—¿Había algo más en su puerta? —preguntó Philip. Tenía que haber un mensaje sobre cómo quería Chui-A-poo que se entregara el collar.

—El collar de Beryl estaba envuelto en seda blanca. —La voz de lord Angsley era áspera por la emoción, y compartió una mirada privada con Philip. Ambos hombres entendían cómo se hacían las cosas en China: uno como diplomático, otro como corsario. El uso del blanco sombrío y amenazante, que indica pureza y muerte, no era casual.

—Él no quiere que le hagan daño —aseguró Philip a sus padres.

Aunque Chui-A-poo podría querer el collar más de lo que necesitaba otra esposa, en cuyo caso…

—También había esto atado a su collar. —Su padre le entregó a Philip un trozo de papel de arroz—. No tenía sentido hasta que nos dijo que tenía el collar de la duquesa en su poder. Mi sobrino lo había traducido en los muelles a mediodía —añadió, señalando con la cabeza al conde.

Philip lo estudió. Debajo de unas palabras en dialecto pequinés, escritas con una letra vacilante, se leía: «Capitán, traiga el collar de perlas al barco. Amanecer».

—Supongo que usted es el capitán al que se refieren —dijo el conde de Cambrey, con un tono más que irritado.

Philip asintió lentamente.

—Y supongo que debo encontrarme con los secuestradores en mi barco —dijo este. ¡Con el candelero y el gato como apoyo!

—Quizá podamos escondernos todos a bordo, dominarlos y recuperar a mi hija —sugirió lord Angsley.

El alguacil hizo un sonido de burla.

—Puedo enviar policías al barco del capitán —sugirió.

Philip entrecerró los ojos y se golpeó la barbilla.

—No creo que la traigan a mi barco. Está escondida en algún lugar, probablemente en Pennyfields o en Limehouse Causeway —dijo, pensando en las dos zonas portuarias con mayor población de chinos.

—¿Cómo vamos a encontrarla? —preguntó *lady* Angsley, poniéndose en pie y rodeándose a sí misma con los brazos para consolarse.

El conde había permanecido en silencio durante todo el intercambio.

—Creo que puedo localizarla.

Todos le miraron.

—Hay una cosa que motiva a la mayoría de la gente —declaró Cambrey—. El dinero. Por suerte, yo tengo mucho. Además, tengo algo de experiencia con una sustancia que los chinos aman y detestan: el opio.

Ante las miradas de los presentes, el conde se encogió de hombros.

—Disculpe la discusión vulgar, tía —dijo a *lady* Angsley—. Pero todos ustedes saben la riqueza que se puede obtener con el comercio del opio. Algunos chinos están amargados por la forma en que los británicos parecen estar beneficiándose. Están aún más enfadados con sus propios piratas costeros, que ayudan a los comerciantes ingleses a introducir el opio en el interior en contra de los deseos de su gobierno. Básicamente, los piratas están traicionando a sus compatriotas a cambio de dinero.

—¿Y conoce a algunos de estos chinos amargados en Londres? —preguntó Philip.

¿Quién iba a pensar que el conde de Cambrey, mojigato e indignado por el hecho de que Philip utilizara el nombre de pila de Beryl, estaba familiarizado con el lado más sórdido del comercio del opio?

—Así es —reconoció el conde—. También hacen seda fina, a la que mi esposa es muy aficionada. El dinero que solía gastar en opio, ahora lo gasto en lo que le gusta a mi condesa. En cualquier caso, las comunidades son bastante pequeñas. Si una mujer inglesa ha sido secuestrada por piratas chinos y está retenida, puedo garantizarle que la mitad de los chinos de los muelles ya lo saben.

—En cualquier caso —señaló lord Angsley—, parece que necesitamos el collar. Ya sea para comerciar o como seguro.

—Lo dejaré en sus manos —le dijo Cambrey a Philip, y se dirigió a la puerta—. Después de todo, es prácticamente un pirata. Encontrar tesoros es su fuerte. Una vez encontró el collar. Estoy seguro de que puede hacerlo de nuevo. Y yo haré lo posible por descubrir el paradero de mi prima. Condestable, supongo que puede venir conmigo, ya que hay poco que hacer aquí.

A su paso, los demás miraron a Philip con cara de pocos amigos.

A este no le sentó bien que el conde de Cambrey saliera a buscar a Beryl mientras él se quedaba atrás. Recordando el momento en que irrumpió en el camarote del capitán pirata y la descubrió la primera vez, con un aspecto hermoso y asustada, anhelaba rescatarla de nuevo. Tal vez fuera el código que había discutido con Rufus: salvar su vida le hacía sentirse responsable de ella para siempre.

¡Tonterías! Él la amaba.

Borrar cualquier rastro de miedo y besarla hasta que volviera a sonreír, eran los pensamientos que lo distraían de la preocupación por recuperar el collar de la duquesa.

La posibilidad de no volver a ver a Beryl era impensable.

—Su dormitorio es el mejor lugar para buscar —le ofreció su madre.

¿Lo invitarían a subir para ayudar?

—Le mostraré el camino —añadió ella.

Al parecer, así fue. Siguiendo a la dama por las escaleras, con su padre detrás, Philip pensó en la última vez que estuvo en la alcoba de Beryl. Había tenido la clara sensación de que ella había guardado el collar allí.

Entonces sus palabras volvieron a él: «Aprendí a esconder cosas gracias a mi experiencia en su barco».

—¿Tiene un baúl o un cofre? —preguntó Philip cuando entraron en su dormitorio.

La madre de Beryl negó con la cabeza, observando la habitación vacía y a punto de llorar de nuevo.

—No. Ella cree que una cosa así al final de la cama desordena la habitación.

Por su parte, Philip no podía ni siquiera mirar la cama, no sin imaginársela desnuda ante él, apasionada, deseable, saciada. Se le formó un nudo en la garganta.

Entonces, empezaron a buscar.

Mirando a su alrededor, divisó el armario alto y pensó en su escondite para el brandy. En dos zancadas, abrió las puertas de un tirón y se encontró con los vestidos de ella. Apartándolos lo mejor que pudo, respiró su familiar aroma floral y tanteó el fondo. Pero tenía un estante en su armario. El suyo estaba lleno y rebosante de vestidos. Además, ni siquiera podía ver el fondo del mismo.

¿Y se preocupaba ella por el desorden de un baúl?

Ignorando a los padres de Beryl, que buscaban en otra parte, su madre revisando su cómoda y su padre mirando por encima y por debajo de los muebles, Philip empezó a sacar los vestidos y a tirarlos al suelo a su lado. Cuando el armario quedó vacío, él se puso de rodillas y tanteó entre las cintas y los fichús de encaje caídos, una zapatilla de baile extraviada y unas cuantas medias de seda, sin encontrar nada.

Mientras la madre de Beryl volvía a colgar los vestidos, Philip pasó otra hora ayudando a su padre a desenrollar la alfombra, luego a buscar detrás de las cortinas, e incluso desbarató su cama. Aun así, no había ningún collar. Entonces *lady* Angsley comenzó a buscar dentro de cada uno de los zapatos de su hija, y su padre se preguntó en voz alta si tendrían que registrar toda la casa, lo que les llevaría más tiempo del que tenían.

Pasándose las manos por el pelo, Philip pensó en cómo habría sacado ella el collar de su barco. Beryl no llevó con ella nada más que...

¡El vestido!

Pronto estuvo rebuscando de nuevo entre sus ropas, apartando el brocado y el algodón, el raso y la seda.

—Capitán, ¿qué demonios...? —preguntó la madre de Beryl.

—¡Lo he encontrado! —dijo Philip triunfante.

—¿El collar? —preguntó el padre.

—El vestido que llevaba en mi barco. Se lo compré yo mismo.

Poniéndose de pie, Philip sujetó la prenda en alto, sintiendo cómo el dobladillo tiraba más allá de la pesadez de la falda de seda verde pálido.

—Creo que el collar está aquí. Cosido en el dobladillo.

Sacando un cuchillo de su bota —captando la expresión de sorpresa de su padre—, Philip abrió las costuras. El collar cayó de repente sobre la alfombra persa, en una cascada de diamantes, rubíes y perlas grises.

La madre jadeó.

Philip arrojó el vestido a un lado y se inclinó para recoger el collar, sosteniéndolo ante sus ojos. Su padre silbó ante la fina artesanía y la belleza de la joya.

—Ya veo por qué todo el mundo lo quiere —dijo—. Pero no es nada comparado con mi Beryl.

—¡De acuerdo! —Philip lo dejó caer en el bolsillo de su abrigo—. No tenemos mucho tiempo antes de que se ponga el sol. Cuando recuperemos a Beryl, todavía tenemos que despachar a los piratas. Si dejamos que se queden, solo conseguirán secuestrarla de nuevo o intentarlo otra vez.

Su padre ya se dirigía hacia la puerta.

—Agradezco su firme convicción de que la recuperaremos.

Philip tragó saliva.

—La alternativa, mi señor, es impensable.

Lord Angsley los guio hacia abajo, de vuelta al salón donde *lady* Angsley, tan parecida a su hija, pidió té, y Philip les contó cómo Beryl había pedido lo mismo, sentada en la cubierta de su barco bajo el sol.

La dama le dedicó una sonrisa acuosa.

—Solo tenemos dos opciones —afirmó el padre de Beryl—. Podemos capturar a estos piratas para que ese tal Chui no vuelva a saber de ellos. Con suerte, se rendirá cuando sus hombres no regresen. O podemos matarlos.

Philip consideró la tenacidad de Chui-A-poo, enviando un barco hasta Inglaterra.

—No creo que admita la derrota si no se entera de nada. Podría asumir que nunca llegaron a Gran Bretaña. Creo que lo intentaría de nuevo, y nunca sabríamos cuándo podrían aparecer sus hombres. Incluso si los matamos, enviará más. Tiene un suministro interminable en su flota, se lo aseguro.

Lord Angsley se frotó las sienes.

—Entonces, ¿qué sugiere?

—En verdad, creo que debería pedirle a la reina que envíe hombres a China para matarlo o, por lo menos, solicitar la ayuda del gobierno Qing para capturarlo. —Entonces, Philip tuvo otra idea—. O, ya que estamos tratando con piratas, supongo que podríamos tantear a sus hombres y ver si se amotinan por una generosa cuota. Por una cantidad suficiente de dinero, podrían volver a China y capturar a su líder. Podrían obtener una recompensa de nuestra parte y entregarlo a los británicos en la isla de Hong Kong por otra generosa recompensa.

Lord Angsley apretó los dedos.

—Consideraré lo que usted dice. Como diplomático, no puedo pedir a nuestra reina que ordene su asesinato, pero pagar a sus propios hombres para que se vuelvan contra él, eso es otra historia.

Philip asintió.

—Son piratas, después de todo, y los piratas cambian de lealtad como las arenas se mueven con las mareas. Primero, tenemos que reunirnos con ellos.

—Y no podemos hacerlo —reflexionó el padre de Beryl—, hasta que ella esté a salvo.

Como hombre de acción, lord Angsley escribió una carta al secretario de Asuntos Exteriores, notificándole el secuestro de su hija y sugiriendo, como había dicho Philip, que la reina considerara alguna acción hacia el líder pirata conocido como Chui-A-poo.

La selló y se la entregó al policía, que aún patrullaba inútilmente el vestíbulo, enviándola de inmediato a las Cámaras del Parlamento.

—Debería avisar a lord Wharton —dijo *lady* Angsley, intercambiando una mirada con su marido.

—El prometido de Beryl —aclaró su marido, aunque Philip había recordado el nombre de inmediato.

Lo que aquel caballero cetrino y soso podía hacer para ayudar a la situación, estaba más allá de él. Sin embargo, si Beryl fuera suya, Philip querría sin duda saber si estaba en peligro. Por lo tanto, se quedó de brazos cruzados mientras *lady* Angsley escribía una nota para el prometido de Beryl, la cual entregó a la doncella de nariz roja, que se las arregló para secarse los ojos lo suficiente como para cumplir las órdenes de su ama.

Por desgracia, no podían hacer nada más que esperar noticias del conde de Cambrey, sabiendo todo el tiempo que, aunque no la hubieran encontrado, Philip iría a su barco con las primeras luces del día para enfrentarse a los piratas.

Sin Beryl, estos no tendría más remedio que entregar el collar. Y entonces, podrían perder ambos tesoros.

Finalmente, cerca de la puesta de sol, un ruido en el pasillo anunció el regreso de lord Cambrey. Philip se puso en pie incluso antes de que la puerta del salón se abriera de golpe.

—¿Alguna novedad? —preguntó lord Angsley a su sobrino.

El conde sonrió.

—¡La he encontrado!

Capítulo 13

La señorita Beryl Angsley estaba harta de estas tonterías. Una noche estaba en un baile y bebiendo champán, y a la siguiente, estaba tumbada en una litera en una habitación mísera que olía a pescado de lo más raro, con un guardia sentado cerca, silencioso y hosco.

Aunque hablara, dudaba que se entendieran.

Si los ojos del chino no hubieran estado abiertos, ella habría pensado que estaba dormido por la expresión que tenía. Había intentado conversar con él después de que le quitara el saco de la cabeza, ¡el maldito saco de arroz!

De nuevo, su pelo parecía como si hubiera estado a bordo de un barco con un fuerte viento y luego se hubiera revolcado en una torta de arroz. Todavía estaba recogiendo los pequeños granos de lo que quedaba de su moño trenzado y enrollado.

Además, acababa de despertarse de nuevo de otro sueño irregular para descubrir que seguía en el extraño lugar con su guardia silencioso con su larga cola negra y su gorro rojo. Y estaba oscuro. No sabía si estaba cerca de la medianoche o del amanecer. Pensó que todavía era la noche del mismo día en que había tenido la intención de visitar a Leonor, el día en que se habría encontrado con Philip junto a los pelícanos. Sin embargo, no estaba segura.

Le dieron ganas de llorar, pero no tenía lágrimas.

Lo intentó de nuevo.

—Agua. ¿Puedo tomar un poco de agua, por favor?

Su guardia siguió mirando al frente, parpadeando de vez en cuando.

Beryl se señaló la boca y sacó la lengua, que sentía seca.

—Tengo sed —dijo—. ¿Ve? Me temo que mi lengua se está hinchando.

Ojalá esta noche eterna terminara. Tal vez a la luz del día llegaría alguien más. O tal vez las cosas empeorarían.

En realidad no le importaba su estómago gruñón, pero tenía sed.

—Agua —dijo de nuevo. Al menos, no tenía las manos atadas. Quien la capturó probablemente consideró que no era rival para un hombre, así que ¿por qué molestarse en sujetarla? Sobre todo, cuando ese bruto no cerraba los ojos ni un momento.

Sentada, hizo la pantomima de asfixiarse, poniendo las manos alrededor de su propio cuello, tosiendo y con arcadas, y luego levantó la mano como si estuviera bebiendo de un vaso.

Nada. El hombre ni siquiera levantó una ceja. ¡Qué demonio!

Se puso en pie rodando. Eso le hizo reaccionar. Él también se puso en pie. Suspirando, Beryl se preguntó qué esperaba ganar.

Su libertad, por ejemplo. ¿No sería bonito poder salvarse y volver a casa para contarlo? Sin embargo, al mirar a su alrededor en busca de un arma, no vio ni siquiera un candelero. No había chimenea, por lo que no había fogones, aunque había una zona de ladrillos que parecía utilizarse para cocinar. Justo encima, se había hecho un agujero en el techo.

¿Cocinar sin chimenea? No podía imaginar las peligrosas condiciones.

Evidentemente, era la casa de una familia pobre. Había otra cama, que ocupaba la mayor parte del espacio, una pequeña mesa en la que se sentaba el pirata chino, y un altar aún más pequeño en un rincón, con un Buda y unas barritas de incienso como las que había visto en Oriente.

A menos que pudiera coger un ladrillo y arrojarlo contra su captor, no había nada que le sirviera.

¿Le impediría ejercitar las piernas? En realidad, pensaba que podría volver a dormir, pero temía los sueños aterradores, y temía despertarse para descubrir que nada había cambiado.

Con eso en mente, Beryl dio unos pasos tentativos hacia la mesa. El hombre frunció el ceño, pero en realidad no había otro lugar por donde caminar, así que rodeó la mesa, mirando la puerta. Luego rodeó el respaldo de su silla, lo bastante cerca como para que él pudiera alcanzarla y agarrarla si quería.

Cuando él se giró, ella observó el largo mango de un cuchillo que sobresalía de la parte superior de sus pantalones, con la cola colgando sobre él.

Temblando ante la idea de la malvada hoja, pasó junto a él, dirigiéndose hacia la ventana sin más cobertura que un andrajoso... ¿saco de arroz? Casi se rio.

Mirando hacia la oscuridad, pudo ver el débil resplandor del cielo en la distancia, pero los dedos del amanecer aún no habían llegado al horizonte.

¿Era eso lo que estaban esperando? ¿Suficiente luz para zarpar? ¿La llevarían a bordo de un junco y la obligarían a regresar a Oriente?

La idea de un largo viaje rodeada de piratas que no podían hablar con ella y que parecían pensar que no necesitaba ni comida ni agua, ni tampoco un retrete, hizo que su terror aumentara.

Su guardia estaba ahora cerca de ella. Incluso sin palabras, intuyó que estar junto a una ventana donde pudiera ser vista era la causa de su movimiento. En cualquier momento, probablemente le pondría las manos encima y la arrastraría lejos de ella.

¿Podría romper los cristales y lanzarse a la calle?

Su cuerpo sufriría sin duda grandes heridas, tal vez mortales.

Mirando hacia abajo para medir la distancia, con sus ojos acostumbrándose a la oscuridad, Beryl divisó la silueta de un gato sentado en la calle, esponjoso y robusto. No podía ver si era naranja, pero en su corazón estaba segura de ello. Si Leo estaba allí, entonces Philip también.

Con la anticipación que le erizaba el vello de la nuca, Beryl se giró bruscamente, casi chocando con el guardia, que era solo un poco más alto que ella, pero bien musculado, como todos los marineros con que se había encontrado.

Se cruzaron las miradas mientras ella lo esquivaba y volvía a su lugar en la cama.

Sentada, con las manos en el regazo y los pies en el suelo, esperó a que la historia se repitiera.

———————— ❈ ————————

—A LA FAMILIA NO le hizo mucha gracia que la desplazaran. Les pagaron lo suficiente para hacerlo, pero no para callarse. —Lord Cambrey había pronunciado esas palabras en el salón de lord Angsley, y luego los tres hombres habían partido hacia el distrito chino de Limehouse, justo después de Whitechapel.

Lord Angsley se había armado y había prestado una pistola a Cambrey, y Philip llevaba la suya oculta bajo su civilizado abrigo londinense, con un tiro extra en el bolsillo.

Cuando subieron al carruaje de Cambrey, el padre de Beryl exclamó sorprendido cuando Leo entró de un salto mientras él cerraba la puerta.

—¿Qué demonios? —preguntó Cambrey cuando el gato se sentó en el asiento y luego miró por la ventanilla, sin inmutarse por los ocupantes.

—Es mi gato —dijo Philip, sintiéndose avergonzado. Esperaba no decir nada más sobre el asunto, pero ambos hombres lo miraron fijamente, claramente confundidos—. Me hace compañía —añadió—. Si no hubiera conseguido entrar, habría montado en el techo. Prefiere el interior.

Philip miró al gato de su hermano y levantó la mano para acariciarlo, pero el animal dio un respingo, desafiándolo, y agitó la cola.

Pensándolo mejor, Philip dejó caer la mano en su regazo. La única persona, desde Robert, que podía tocar su suave pelaje sin herirse, era Beryl.

—El gato se encariñó con su hija cuando estaba en mi barco —dijo sin ganas, como si eso lo explicara todo.

Cambrey miró a Leo con más interés.

—¿Cree que sabe que estamos en este mismo momento viajando para rescatarla?

—¡No seas absurdo! —dijo lord Angsley, pero todos siguieron mirando al felino, que comenzó a lamerse las patas y la cara como si se preparara para... la batalla.

El viaje hasta Limehouse y hasta el corazón de la zona de los muelles de Limehouse Hole, donde la Isla de los Perros se adentraba en el Támesis, pareció durar una eternidad. En realidad, con las calles vacías a las cinco de la mañana, el viaje duró menos de media hora.

—Su cochero no ha escatimado en caballos —dijo Philip con agradecimiento cuando bajaron del carruaje de Cambrey a una manzana de distancia de donde Beryl estaba retenida sobre una pescadería. Observó mientras Leo se paseaba por la calle en la penumbra, sentado en la acera como si le hubieran designado como vigía.

Tenían poco tiempo. Necesitaban la cobertura de la oscuridad, pero no la oscuridad total de la noche, en la que podrían cometerse terribles errores. Mientras no saliera el sol, no era demasiado tarde.

Habían discutido el plan durante el viaje. Sabiendo por el marinero chino, que trabajaba para la Compañía de las Indias Orientales y que había aceptado una buena cantidad de los Cambrey para contarles todo, solo había tres piratas. El resto estaba a bordo del junco en los cercanos muelles de Limehouse.

Lord Angsley se quedaría en la calle por si alguno de los piratas escapaba con Beryl, mientras que Cambrey y Philip llegarían a ella por dos vías. El conde atravesaría la pescadería, entrando por la fuerza, ya que aún no estaba abierta, y subiría a toda prisa las escaleras.

Philip escalaría la parte trasera del edificio y, para ello, desaparecía con rapidez en el callejón.

Su corazón latía como si estuviera abordando un buque enemigo con cañones y pistolas disparando. Lo que estaba en juego era mucho más importante que cualquier aventura que hubiera tenido en China, excepto cuando encontró a Beryl la primera vez. Simplemente no se había dado cuenta entonces de lo importante que sería esta mujer para él.

Ahora, ella era el mayor tesoro que había ido a buscar.

La parte trasera del edificio no tenía ningún enrejado que le ayudara, pero estaba cerca de los muelles y esta era la casa de un marinero. El hombre conocía los peligros que suponía para su familia quedar atrapado en el segundo piso. Por ello, una tosca escalera hecha con una gruesa cuerda anudada colgaba desde arriba, donde no había un balcón propiamente dicho, sino un saliente de madera. Sin duda, la mujer del marinero colgaba de ella la ropa sucia en los días secos.

Para Philip, no era nada escalar y acceder a la casa de dos habitaciones, como le habían dicho que era. Sin embargo, intentar asomarse al interior a través de la mugrienta ventana, medio cubierta de tela, fue inútil. Si la abría con una palanca, tardaría demasiado tiempo y haría demasiado ruido, lo que alertaría a los piratas del otro lado.

Respiró hondo, usando el hombro y el pie, y se estrelló contra la ventana, con la pistola desenfundada.

Todo sucedió al mismo tiempo. Oyó un grito en la habitación contigua: ¡Beryl! Vio que dos hombres se levantaban de las esteras del suelo, y que sus armas salían al paso. Entonces Cambrey irrumpió en la puerta desde el hueco de la escalera, y la atención de los piratas se dividió.

Al oír el chasquido de un gatillo, Philip empezó a disparar al mismo tiempo que cada uno de los otros hombres de la sala.

Como siempre ocurría en una batalla, Philip esperó a sentir cómo el plomo caliente le desgarraba la carne. Pero eso no ocurrió y los disparos cesaron. El conde seguía de pie al otro lado de la habitación, y los piratas se retorcían en el suelo.

Después del grito de Beryl, solo había habido silencio en la habitación contigua. Si no estaba sola, su captor había recibido todo el aviso que necesitaba. Asintiendo a Cambrey, Philip hizo lo único que se le ocurrió: derribar la puerta.

La habitación estaba vacía.

¿Cómo diablos…?

Solo tardó un momento en ver la silueta de una trampilla que conducía a la pescadería de abajo, situada en medio del suelo, un aparato bastante común para cuando la habitación había sido almacén, en lugar de la vivienda de una familia. Una mesa que debía de estar sobre ella, estaba ahora volcada de lado.

¡Maldito infierno!

—Se ha ido —le dijo a Cambrey.

Abriendo de golpe la escotilla, Philip se deslizó por la escalera de abajo. Cuando sus pies tocaron el serrín del suelo del taller, oyó al conde detrás de él. Los dos salieron a la calle.

Estaba desierta, salvo por lord Angsley, unos metros más abajo, y Leo, en la tosca acera de madera justo enfrente. En un instante, el gato cruzó la calle, corriendo como el león que le daba nombre, deslizándose entre los dos hombres y entrando en el callejón.

—¡¿Por dónde se fueron?! —gritó el conde hacia su tío.

—¡No han salido! —respondió lord Angsley.

Philip y Cambrey se miraron un momento.

—Nos han engañado —dijo Philip, dándose la vuelta y corriendo de nuevo hacia la pescadería—. Deberíamos haber sabido que Beryl no podría bajar una escalera tan rápido, no con un vestido.

Como un mono, Philip corrió por la escalera y volvió a la habitación de arriba. Entonces lo vio, un panel en la pared abierto de par en par.

—¡Maldita sea! Estuvo aquí todo el tiempo.

—Ya no —dijo Cambrey, esquivando su paso hacia la otra habitación donde permanecían los piratas, desmayados por la pérdida de sangre o muertos.

—¡A la derecha! —gritó Philip, y el conde se apresuró hacia la ventana rota.

Cambrey se encaramó a la cornisa de madera, y Philip estaba justo detrás de él. Entonces, por primera vez en una eternidad, la vio, aunque en la tenue luz que precedía al amanecer no era más que una forma. Beryl estaba siendo arrastrada por los brazos hacia el final del callejón, pataleando y luchando todo el tiempo.

Por desgracia, no le servía de nada. El pirata continuó como si ella no fuera más que un pez flotando en el agua, una molestia, pero no un impedimento. En cuanto salieran a la madriguera de callejuelas y portales de Limehouse Hole, Philip la perdería para siempre.

El conde ya estaba en la escalera de cuerda bajando, pero Philip no podía esperar. El amor de su vida estaba a punto de desaparecer, y su vida no tendría sentido si ella lo hiciera.

—Lo siento —le murmuró a Cambrey mientras subía también a la escalera. Cuando llegó a los hombros del conde, se deslizó por la espalda de este y saltó el resto del camino. Entonces, Philip comenzó a correr como si los sabuesos del infierno le pisaran los talones.

Al oír el ruido a sus espaldas, el pirata aceleró el paso, obstaculizado por el vestido y los brazos de Beryl, que se agitaban.

Al perseguirlo casi hasta el final del callejón, Philip decidió que tendría que arriesgarse a disparar, aunque la distancia era grande y el estrecho carril entre los edificios era aún más oscuro que la calle.

Había gastado tres tiros en la pequeña habitación, lo que le dejaba tres más. Sin romper el paso, disparó, pensando en advertir al hombre disparando al suelo a su derecha. Pero erró el tiro.

Philip no se atrevió a apuntar demasiado a la izquierda por si le daba. Disparó otro tiro, y volvió a fallar.

Entonces el pirata se detuvo en seco, con Beryl chocando contra él y su captor casi perdiendo el control sobre ella.

Philip no pudo ver lo que había al final del callejón hasta que estuvo a escasos tres metros. Entonces lo vio: Leo, hinchado hasta el doble de su tamaño, de pie en un arco perfecto, con la cola como un cepillo de chimenea, y siseando como el aceite sobre un fuego ardiente.

—¡*Móguǐ*! —gritó el pirata, lo que Philip sabía que significaba diablo o demonio.

Lo cierto era que Leo parecía que podía ser ambas cosas.

En un abrir y cerrar de ojos, el gato corrió y saltó sobre el pirata, destrozando la camisa del hombre mientras subía por su cuerpo hasta la cabeza, arrancándole el gorro en el proceso.

Al soltar a Beryl, que se tambaleó hacia atrás y cayó al suelo, el chino se afanó con ambas manos para liberarse del animal.

Philip apuntó, pero falló. Después de todo, Beryl estaba a salvo y no había razón para matar al hombre. Entonces, todavía gritando y arañando frenéticamente a Leo, el pirata se llevó la mano a la espalda, agarrando el mango del cuchillo que sobresalía de su cinturón de tela.

—La tengo —le aseguró Cambrey, y por el rabillo del ojo, Philip vio al conde ayudando a su prima a ponerse en pie.

Y entonces la hoja estaba en la mano del pirata, y Philip lanzó un único disparo.

Capítulo 14

El tiempo pareció detenerse durante un breve instante cuando Philip bajó su arma.

Leo saltó para ponerse a salvo, aterrizando con facilidad sobre sus cuatro patas mientras el pirata caía, quizá mortalmente herido. Philip se preguntó si se podrían presentar cargos contra él por matar a un hombre para proteger a un gato.

No sentía ni un rastro de culpa. No había podido salvar a su gemelo, que había muerto solo en una calle empedrada de otra parte de Londres, pero al menos había salvado al gato de Robert.

Entonces, su mirada se fijó en el aspecto desaliñado, pero no herido, de Beryl. Se había sacado una mordaza enrollada de la boca, que ahora dejó caer a sus pies, donde Leo ya estaba dando vueltas y metiéndose bajo sus faldas. Obviamente, había sido la única manera de mantenerlo tranquilo en el escondite.

A Philip le importaba un bledo que el conde viera lo que ocurría a continuación. Con pasos rápidos, arrancó a Beryl del agarre de su primo y la tomó entre sus brazos.

Abrazándola con fuerza, sintiendo el latido de su corazón, fuerte y enérgico, contra su pecho, Philip descubrió que sus ojos se llenaban de lágrimas y su garganta se cerraba por la emoción. Solo entonces reconoció el terror que había estado albergando.

Y en ese momento, la angustia y la culpa que había sentido durante los últimos cuatro años, cada vez que pensaba en cómo había muerto Robert, desaparecieron.

Es más, el gato de Robert había elegido claramente a Beryl para él, y luego había ayudado a salvarla, y en sus entrañas, Philip creyó que todo había sido obra de su gemelo.

Soltó a Beryl solo para poder tomar su cara entre las manos, y la besó. Pensó que nunca dejaría de besarla, hasta que escuchó la tos del conde.

Ignorándolo las primeras veces, por fin, Philip levantó la cabeza y miró fijamente los ojos leonados de su amada.

Beryl al fin habló.

—¡Agua!

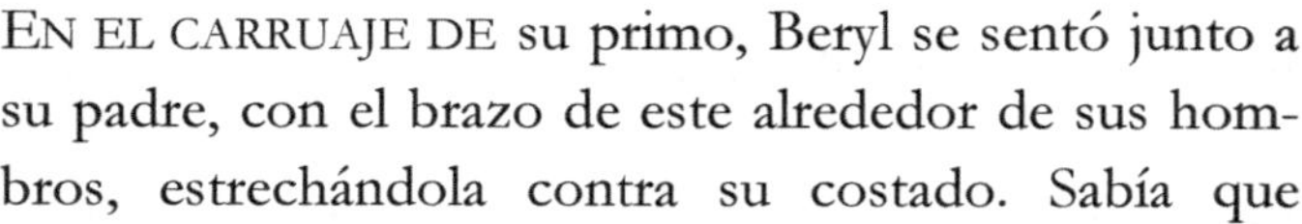

EN EL CARRUAJE DE su primo, Beryl se sentó junto a su padre, con el brazo de este alrededor de sus hombros, estrechándola contra su costado. Sabía que tendría que esperar a estar en casa para beber algo, ya que acababa de amanecer y no había ninguna posada o taberna abierta.

Si estuvieran en su casa de Bedfordshire, con las aguas claras del Great Ouse, o incluso en China, donde había visto ríos y arroyos de agua purísima, se detendría y mojaría la cabeza. En lugar de ello, cabalgaron junto al sucio Támesis, un cauce del que ninguna persona cuerda de Londres bebería jamás, si pudiera evitarlo.

Al otro lado de ella estaba Leo, acurrucado en una bola apretada, con la curva de su espalda contra su pierna. Su pequeño salvador.

Frente a ella, dos pares de ojos la observaban, los de su primo y los del capitán. El capitán, que ya la había tomado en sus brazos y la había besado.

Le hubiera gustado lavarse los dientes antes.

Nadie parecía tener ganas de hablar, quizá todos estaban demasiado agotados.

Beryl solo podía esperar que este fuera su último secuestro. La experiencia no era en absoluto agradable. Excepto ser salvada, e incluso eso, estaba perdiendo su brillo.

Fue Philip quien rompió el silencio, y no para hablar con ella. Se dirigió a su padre.

—Después de dejar a su hija en casa, tengo la intención de ir directamente a mi barco.

¿Qué podría querer decir?

—¿Se va, capitán? —se aventuró a preguntar ella.

—No. Pero hay asuntos que terminar para mantenerla a salvo.

—Como representante de Su Majestad —dijo su padre—, creo que debo ir con usted para discutir los términos.

Su primo frunció el ceño.

—¿Qué términos? —preguntó Cambrey.

—Mientras usted localizaba a Beryl —su padre le apretó el hombro—, el capitán Carruthers y yo discutíamos la forma de evitar que los piratas intentaran llevársela de nuevo. Es decir, ponerlos en contra de... —se interrumpió y miró a Philip.

—Chui-A-poo —dijo el capitán.

—Si conseguimos que acepten el dinero y se vayan, podrían decir que está muerta. No me importa —dijo lord Angsley—, mientras la dejen en paz. Si no aceptan ayudar a capturar a Chui-A-poo y entregar a su líder a los británicos en Stanley, entonces le pediré a nuestra reina que lo capture o lo mate.

—¡Padre! —dijo ella, sintiéndose sorprendida por su brutalidad. Ya había visto a dos hombres muertos en la habitación por la que el pirata la había arrastrado, y probablemente, ese bruto yacía ahora también muerto en el callejón.

Y pensar que Leo había luchado con un pirata… Acarició la cabeza del gato, sintiéndose reconfortada.

—Lord Angsley tiene razón —dijo Philip—. O la reina exige que los oficiales Qing se involucren y capturen a Chui, lo que es poco probable, o lo hacen sus hombres, lo que podría ocurrir si les pagamos lo suficiente. O tendremos que enviar a alguien a matarlo.

—Probablemente usted —bromeó su primo, y Beryl volvió a apoyar la cabeza en el asiento de cuero.

¿Realmente iría Philip a recorrer medio mundo de nuevo, en una misión para asesinar a un hombre que tenía toda una flota pirata a su disposición?

—No me gusta esa idea —dijo ella en voz baja.

Nadie dijo nada al respecto.

Entonces, su padre habló.

—Puede que ya haya recibido respuesta del secretario de Asuntos Exteriores, aunque es poco probable a estas horas.

—Yo también iré —ofreció el primo de Beryl.

Todos hablaron a la vez, hasta que Cambrey interrumpió.

—Me refería al barco del capitán para reunirse con los piratas, no a China. Aunque mi mujer me estrangularía si supiera las aventuras que he vivido esta noche.

Entonces vio a Philip sacar algo de su bolsillo. Al extenderlo hacia ella, Beryl vio su collar de berilo verde.

—¡Oh! —exclamó ella, dejando que él se lo pusiera en las manos. Casi la hizo llorar—. Después de todo este tiempo...

—El líder pirata lo tenía —dijo Philip en voz baja.

—Gracias, capitán. —Ella lo estrechó contra su pecho, y le trajo recuerdos de Oriente, tanto malos como excesivamente buenos.

Beryl sostuvo su mirada de ojos oscuros.

—Prefiero con mucho mi sencillo collar a las brillantes joyas de la duquesa —dijo ella.

Su primo se rio un poco cínicamente, pero el capitán asintió, tal vez de acuerdo.

Y entonces llegaron a casa, y Beryl se encontró con rapidez envuelta en los brazos de su madre.

Un momento después, vio a lord Wharton. Estaba en la puerta abierta del salón, y parecía aliviado por verla. Se le ocurrió que una vida con él significaba no más peligro, no más sacos de arroz sobre su cabeza. No más hombres muertos.

Por eso, cuando Arthur se acercó a ella, agradeciendo a su padre por haberla devuelto sana y salva, Beryl permitió que la tomara públicamente en sus brazos. No exactamente como lo había hecho el capitán. No hubo un beso ardiente frente a los ojos vigilantes.

Además, ella dejó que la acompañara al salón y se sentara a su lado en el sofá, mientras él ordenaba a una criada que trajera con rapidez el agua que ella había pedido. Ella esperaba que los otros hombres la siguieran.

Después de beberla, así como una copa de brandy de su padre, Arthur le apretó la mano, y Beryl se dio cuenta de que su primo y el capitán, e incluso su padre, se habían marchado sin despedirse.

Con más retraso aún, se preguntó qué habría pensado Philip al ver a su prometido, que había sido reconfortante y cariñoso como una niñera, no como un amante.

Asegurando a Arthur su bienestar, Beryl se despidió de él por fin, con la promesa de volver a verle pronto.

Luego, subió las escaleras para sumergirse en el baño caliente que su criada, que se había despertado temprano, le preparó. Para cuando se lavó el pelo, ya había amanecido, sin que Beryl lograra conciliar el sueño.

Más tarde, sabía que probablemente dormiría como una marmota, pero en ese momento, con todos los hombres a los que amaba reunidos con peligrosos piratas, solo podía sentarse con su madre en el salón y esperar.

Al rodear el sillón, dio un respingo y se dio cuenta por primera vez de que Leo se había quedado con ella y que incluso estaba acurrucado y dormido en el cojín de damasco azul. Al darse cuenta de que no estaba al lado de su dueño, cuidando del capitán, su corazón se aceleró. Solo podía esperar que el gato supiera algo que ella no sabía: que él volvería ileso.

PHILIP HABÍA ESTADO DISPUESTO a entregar el collar si la vida de Beryl hubiera dependido de ello. Ahora, quería que los piratas de Chui abandonaran Inglaterra con una cuantiosa recompensa en la bodega de su barco y la promesa de que se desharían de su líder.

Y quería olvidar haber visto a Beryl envuelta en los brazos de su adecuado vizconde que la amaba y al que, según suponía, ella amaba a su vez.

Iba a hacer falta mucha ginebra para borrar el recuerdo de aquel reencuentro.

El conde de Cambrey pensó que debían tomar la vía directa, y solo sentarse en la cubierta del Robert y esperar. Después de todo, si los piratas aparecían, ya sabrían que les habían quitado a su cautiva y no tenían nada con que negociar.

Además, les faltaban tres hombres, y lord Angsley había enviado al alguacil y a su fuerza policial a retirar los cuerpos.

Philip se preguntó si debían seguir al resto de los hombres de Chui hasta su junco en los muelles de Limehouse, en lugar de dejarlos subir a su barco. Sin embargo, al final, coincidiendo con la apreciación del conde, se encaramó en la misma escotilla donde una vez se había sentado Beryl a tomar el té.

Esperando con su nueva «tripulación», mantuvo su pistola en el regazo.

Todos sus antiguos empleados se habían dispersado hacia sus hogares, aún a la espera del pago, que Philip esperaba tener para ellos en pocos días. Y el Robert se estaba preparando para entrar en dique seco, donde volvería a estar en condiciones de navegar. Por el momento, flotaba suavemente en la luz de la mañana, amarrado en un muelle de St. Katharine Docks.

Después de unos momentos, el conde habló.

—Ya veo que es una vida atractiva.

Philip enarcó una ceja.

—Habiendo estado a bordo solo diez minutos —bromeó.

Los tres hombres se rieron.

—¿Va a volver a salir pronto? —dijo lord Angsley, y Philip no pudo evitar preguntarse si el hombre quería que se fuera. Por supuesto, había sido el conde quien le había visto besar a Beryl, no su padre, pero aun así, el caballero mayor podría tener sus sospechas.

Por otra parte, tal vez no. Tal vez todos estaban solo manteniendo una conversación educada hasta que este espantoso asunto terminara de verdad.

—No tengo planes —confesó Philip, deseando no sonar despreocupado—. Mi padre tiene un exitoso negocio de lana, y podría trabajar con él.

—¿Y dejar su barco? —preguntó Cambrey—. No me imagino que haya muchas ovejas en los barcos.

No, pensó Philip. Solo gatos. ¿Y dónde estaba su fiel gato? No se le había escapado que Leo se había quedado en casa de los Angsley. Tal vez había elegido un nuevo dueño.

Pensando en que Beryl era tan valiente después de todo lo que había pasado, Philip admitió que Leo no podía haber elegido mejor. Y tal vez mordería a lord Wharton en algún lugar extremadamente doloroso.

—El rebaño de ovejas de mi familia y el negocio de lana están en Dumfries —dijo a los demás—, pero confieso que prefiero nuestro hogar en Cornualles.

—Ah —reflexionó el conde—, la costa más agradable de Inglaterra.

—Verdaderamente, lo es —convino Philip, y se dio cuenta de que era más feliz solo con pensar en el pequeño pueblo de Newquay, en el norte de la península de Cornualles, con vistas al canal de Bristol.

—El GWR —reflexionó lord Angsley.

—¿Perdón? —preguntó Philip.

—El Great Western Railway[5] —aclaró el padre de Beryl—. Abrirá la zona para que los visitantes puedan venir a visitar sus hermosas playas y tomar un poco de aire marino saludable.

—Creo que ya tenemos una línea ferroviaria de Cornualles en construcción, milord, aunque está al otro lado de la península de donde está mi casa.

Lord Angsley se encogió de hombros.

—Creo que el GWR se la tragará al final. La reina necesitará un hombre allí que sepa qué es lo que hay que hacer con estos piratas del ferrocarril.

—Ya veo. —¿De veras? ¿Estaba Angsley ofreciéndole un puesto para supervisar el desarrollo ferroviario en Cornualles?

Antes de que pudiera preguntar más, llegaron los hombres de Chui.

Tal vez fuera por contar con la ayuda del conde y de su tío, pero Philip apenas sentía una pizca de miedo. Beryl estaba a salvo, y el collar volvía a estar en su poder.

---

[5] La gran línea ferroviaria del oeste.

—*Ahoy*[6] —les dio la bienvenida Philip, poniéndose de pie como si fueran invitados de honor. De hecho, solo eran dos, por lo que desde el principio parecía que sabían que la plantilla estaba en camino.

Después de lanzar miradas de soslayo a cada uno de los hombres de la cubierta, los piratas se inclinaron. Philip hizo lo mismo. Como había discutido con Cambrey y Angsley de antemano, debían tratar a estos hombres como iguales y con respeto, con la esperanza de convencerlos de que traicionaran a su líder.

—Parlamento —dijo uno, y Philip casi se rio por el uso serio y bastante equivocado del término pirata inglés, como si estuvieran en medio de una batalla, con un barco a punto de ser hundido.

—Sí —aceptó—. ¿Capitán? —preguntó Philip.

El hombre negó con la cabeza y señaló al que estaba a su lado. Así que el hombre que hablaba era el traductor del capitán pirata. Con suerte, el plan sería comprensible en muy pocas palabras.

—Habéis perdido las dos joyas —comenzó Philip—. El collar y la mujer.

El traductor se dirigió con rapidez al capitán, que parecía enfermo.

—Esto significará su muerte cuando vuelva a encontrarse con Chui-A-poo. —Philip esperó mientras las palabras pasaban entre los piratas.

Por sus expresiones, pensó que podrían acabar con sus propias vidas antes que enfrentarse a Chui.

---

[6] Término marinero de saludo. ¡A la vista!

—Sin embargo, puede significar una nueva vida en su lugar. —Eso llamó su atención.

De la forma más sencilla que pudo, Philip explicó la propuesta que él y lord Angsley habían elaborado para mantener a Beryl a salvo: capturar al líder pirata y entregarlo a los británicos en Stanley. Ellos, a su vez, lo entregarían al gobierno Qing. Ya había una recompensa por la cabeza de Chui. Los piratas la recibirían, pero como incentivo, Angsley les daría el pago antes de que salieran de Gran Bretaña.

En pocos minutos, el parlamento había terminado y los piratas se marcharon, ciertamente más felices que cuando habían llegado. Todo lo que tenían que hacer era esperar a que Angsley enviara el pago al muelle de Limehouse, y luego se irían.

Si funcionaba o no, no se sabría hasta dentro de muchos meses.

—Ha sido una larga noche —dijo el conde de Cambrey—. Yo, por mi parte, tengo una esposa con la que volver.

—Yo también —dijo su tío.

Y así, sin más, su alianza de necesidad se rompió, y los señores con título desaparecieron a la luz del sol, de vuelta a sus hogares en la zona más elitista y cara de Londres.

Philip ya no tenía ni siquiera un gato.

Sin embargo, cansado hasta los huesos, se dirigió a la casa de sus padres, una imitación de las de Mayfair, solo que con un enclave más humilde y menos pisos.

Después de contar a sus curiosos hermanos las aventuras de la noche, durmió más de lo que lo había hecho en meses.

Al día siguiente, por fin se presentó en el palacio de Buckingham para entregar el collar. Recibió mucho más que la recompensa acordada. Gracias a la carta de lord Angsley sobre el rescate de su hija, por no hablar de la devolución de la joya, Philip recibiría el título de caballero.

No podía esperar a escribir a Rufus.

«Intenta burlarte de mí ahora», pensó Philip, deseando de verdad que su buen amigo volviera pronto de Escocia. Echaba de menos la camaradería de su primer oficial. Los que frecuentaban los clubes de caballeros no entenderían el espíritu del mar que se apoderaba de un hombre. Una vez que recibía su llamada, era difícil resistirse, y aún más difícil considerar la posibilidad de permanecer en tierra firme el resto de la vida. Y menos aún como empleado del ferrocarril.

Hiciera lo que hiciera, Philip trató de alejar sus pensamientos de Beryl.

Pero le resultó más difícil cuando, un día después, ella se presentó en su puerta acompañada de su criada y de Leo.

Capítulo 15

Cuando le avisaron de la llegada de la señorita Beryl Angsley, Philip bajó las escaleras de dos en dos, y luego aminoró el paso cuando sus pies tocaron el suelo del vestíbulo, sin querer parecer un niño ansioso.

En cierto modo, era ligeramente humillante pasar de ser el capitán de su propio barco a tener un dormitorio en casa de sus padres. Simplemente, nunca se había planteado la necesidad de comprar su propia casa en la ciudad hasta ese momento.

Al empujar la puerta del salón, Leo estuvo a punto de hacerle tropezar. Esquivando entre sus piernas, el gato salió corriendo, asegurándose de sisearle al pasar.

—Hola a ti también —murmuró Philip, sintiéndose realmente complacido de ver al gato de Robert de vuelta en casa.

Y ahí estaba Beryl.

La encontró en un lugar en el que nunca hubiera imaginado que estaría al rescatarla del junco: sentada en el sofá de sus padres.

—Señorita Angsley —saludó Philip, y luego miró hacia su criada, que había encontrado un asiento discreto junto a las macetas de helechos de su madre. Supuso que no la iba a abrazar para darle un beso.

Beryl se levantó y le ofreció una sonrisa irónica, sin duda, riéndose interiormente de su formalidad, después de todo lo que habían pasado.

—Capitán Carruthers —respondió ella con la misma formalidad, extendiendo la mano para que él tuviera que acercarse a ella.

Philip se inclinó sobre su mano enguantada y se abstuvo de besarla. «Ella estaba comprometida», se recordó a sí mismo.

—¿A qué debo este placer?

Beryl movió la cabeza, midiéndolo, dándole un momento para que él hiciera lo mismo. Ella tenía un aspecto condenadamente bueno. Refrescada, con el pelo brillante y sin un grano de arroz a la vista, y con un vestido tan bonito y bien ajustado que a Philip le hizo preguntarse qué podría llevar en una ocasión importante.

—Simplemente pensé que podría echar de menos a Leo, y él a usted —dijo Beryl por fin.

Él sonrió.

—Sí, pude ver lo mucho que me echaba de menos al pasar por aquí.

—En nuestra casa, era probable que le atosigaran o le hicieran enfadar. Tengo cinco hermanos, como recordará. Algunos muy jóvenes todavía.

—Creo que vi a uno o dos de ellos la noche de su secuestro. —Philip recordó a los niños llorando en el pasillo y en las escaleras.

—Mi segundo secuestro —corrigió ella con una mueca.

—Espero que sea el último.

—¡Dios mío, sí! No tengo ningún deseo de volver a pisar un barco. Al menos, no uno que vaya a Oriente.

En su interior, Philip sintió que se evaporaba un poco de su optimismo. Qué ridículo había sido pensar que ella querría navegar con él hacia puertos desconocidos. No era una vida para una dama. ¡Diablos, no era una vida para él!

—Es del todo comprensible —convino Philip, aunque, con la falta de algo interesante que hacer aquí en Inglaterra, estaba seguro de que se haría a la mar en cuanto surgiera una oportunidad. Era eso o aprender a pastorear ovejas—. Gracias por traer a Leo —añadió--. Cuando vuelva a zarpar en el Robert, creo que él querrá estar a bordo. Actualmente está en el dique seco para hacer algunas reparaciones.

Beryl asintió.

—Entonces, ¿volverá a marcharse?

—Indudablemente —dijo él. ¿Por qué lo preguntaba? ¿Deseaba ella que él se quedara? Si lo hacía y si no se iba a casar...

—Es lo mejor para usted —dijo Beryl, interrumpiendo sus fantasías.

—Sí.

Se miraron fijamente.

—No debería haberla besado en el callejón —soltó Philip.

Beryl abrió los ojos de par en par y miró por encima del hombro a su criada. Probablemente era lo más excitante que la chica había escuchado en horas. Quizá Beryl no recordaba que su primo también había estado allí en ese momento.

Por su parte, él la había besado como si tuviera derecho a mostrar su alivio y su afecto, y le había dado falsas esperanzas de que ella pudiera ser suya.

Ella ya estaba comprometida.

Y ella estaba en *shock*, lo que hizo que su beso fuera aún menos apropiado. Philip se había aprovechado de ella.

—No fue de lo más caballeroso —aclaró él.

—Es cierto, capitán, pero nunca pensé en usted como en un caballero.

Eso le dolió, y su expresión debió demostrarlo.

—Oh… —dijo ella—. No me refería a eso…

BERYL SE MALDIJO INTERIORMENTE por su propia estupidez.

—Lo que quería decir es que cuando pienso en usted, si es que pienso en usted, no es que lo haga, por supuesto, pero si lo hago, pienso en usted como en un hombre de aventuras. No un pirata, ciertamente, no después de haber visto piratas de verdad, sino como un capitán de mar dispuesto a realizar acciones temerarias, como el propio Odiseo[7], cuya historia estaba leyendo en su camarote.

—Hazañas de temeridad —murmuró Philip.

—Precisamente —convino Beryl, esperando que él no se sintiera ofendido, pues ella no había querido hacerlo. Al contrario, prefería su comportamiento al de cualquier otro hombre que conociera. Incluso a Arthur, aunque hacía días que era la encarnación misma de la preocupación y la caballerosidad.

De una forma empalagosa y sofocante. Solo su aversión a los gatos le había impedido acompañarla hoy. No podía soportar estar confinado en un carruaje con uno, «¡Animal malvado!», había declarado Arthur cuando encontró a Leo sentado junto a ella en el sofá. Y luego lo había espantado y sacado del salón.

Suponía que, después de casarse, Beryl tendría un perro, pues le gustaba bastante tener un compañero.

—Me alegro de que hayamos tenido un resultado mejor que el de Odiseo —le recordó el capitán—. Estuvo fuera de casa veinte años, si no recuerdo mal.

—No fue del todo desagradable —reflexionó ella—. Tenía a Calypso. —Al instante, sus pensamientos se dirigieron a las descripciones de la diosa atrayendo al capitán a su gruta aislada y a su cama, y sus mejillas se sonrojaron.

---

7 O Ulises, protagonista de *La Odisea* de Homero.

Los ojos de Philip parecieron oscurecerse, si es que eso era posible. Ella lo había visto antes, cada vez que él la atraía hacia sí.

¿Lo haría ahora?

Después de su beso en el callejón, Beryl le había esperado cada noche, con la esperanza de que volviera a escalar su casa, como fuera, y se colara en su habitación. Quería volver a sentir las sensaciones que había experimentado bajo su contacto. Además, quería devolvérselas, haciéndole sentir el mismo placer. Y, maldita sea, quería que la besara para que todo su cuerpo ardiera.

Había esperado en vano, con la mitad de la esperanza de que él se declarara por ella, tal vez incluso hablara con su padre, quien parecía admirar al capitán Carruthers, para hacerle una propuesta. Por desgracia, no lo había hecho.

Así pues, ella había acudido a él, con la endeble excusa de devolver a Leo, que parecía perfectamente feliz, salvo porque Arthur lo apartaba constantemente con la punta de su bota.

Además, Beryl se había puesto uno de sus vestidos favoritos de color rosa melocotón. Sin embargo, todo lo que Philip había hecho era disculparse por la última vez que la besó.

Como si hubiera sido un error, en lugar de un acto de pasión. ¿Tal vez incluso de amor?

—Calypso fue solo una diversión —señaló el capitán—. Un momento mágico, pero que solo podía ocurrir mientras él estaba fuera de casa. Odiseo tenía a Penélope, su verdadero amor, esperándole. Como usted tenía a lord Wharton.

Ella tragó saliva. ¿Así que ahora ella era Odiseo, Philip era Calipso y Arthur era la sufrida Penélope?

Pensar en ello le hizo doler la cabeza —y el corazón—. Porque parecía que el capitán Carruthers, como Calipso con Odiseo, había decidido dejarla ir para que siguiera con su vida ordinaria, común y monótona en Inglaterra.

No había nada que ella pudiera hacer al respecto. Si él la quería para sí mismo, sin duda podía tenerla, y pensó que con sus acciones en su dormitorio y al permitir su beso en el callejón, ella le había dejado ese hecho muy claro.

Sin embargo, no podía competir con el atractivo de una vida libre y emocionante en el mar. Al menos él la respetaba lo suficiente como para no intentar convertirla en su Jenny. —¿Era así como él había llamado a las mujeres en el puerto todos esos meses atrás en su primera conversación? Fuera lo que fuera de lo que hablaba, ella estaba segura de que no se aplicaba a las damas de su clase.

—Debo irme —dijo Beryl, dándose cuenta de repente de la inutilidad de su misión. Además, olía a desesperación, que era lo contrario de como quería mostrarse. Y no estaba desesperada. Tenía un prometido perfecto, como se recordaba a sí misma.

Philip frunció el ceño.

—Perdone mis modales. Nos hemos pasado todo el tiempo de pie y ni siquiera le he ofrecido un té.

—No, pero he venido a devolverle a Leo, y lo he hecho.

Philip asintió con la cabeza.

—Muy bien. Le doy las gracias por mi gato. Además, me alegra ver que usted está bien y que no ha sufrido ninguna herida durante ninguno de sus secuestros.

—Gracias a usted. —Aunque él no la quisiera, ella le debía la vida y siempre le estaría agradecida.

Haciendo un gesto a su criada para que la siguiera, Beryl dejó que el capitán la acompañara hasta la puerta principal. Al volverse en el vestíbulo, se dio cuenta de que Leo estaba sentado a mitad de la escalera, y sus dedos se estremecieron por ir hacia él y darle una última caricia. Se resistió.

—Supongo que no volveré a verle —le dijo Beryl, sintiendo que se iba a ahogar con la emoción que sus propias palabras le provocaban en la garganta.

Él negó con la cabeza, con una pequeña sonrisa en su bello rostro.

—No sea ridícula, señorita Angsley. Le he salvado la vida, lo que significa que soy responsable de ella para siempre.

—¿Lo es? —Eso la animó más que un poco—. Entonces, si alguna vez le necesito...

—Estaré a su servicio, señorita Angsley.

Todavía estaba pensando en su encuentro unos días más tarde, cuando llegó un sobre del palacio de Buckingham dirigido a ella.

Al abrirlo, su corazón comenzó a acelerarse.

—¡Padre! —gritó Beryl mientras se apresuraba a entrar en la casa, comportándose más bien como una de sus hermanas o hermanos menores.

—¿Sí, querida hija? —preguntó él, levantándose alarmado de su escritorio.

—¡Vamos a la abadía de Westminster para ver cómo el capitán Carruthers recibe su título de caballero!

Durante las dos semanas siguientes, Beryl apenas pudo contener su emoción. El hecho de que ella hubiera participado en la investidura del capitán Carruthers como caballero era bastante sorprendente. Era cierto que todo lo que ella había hecho era ser secuestrada y él había hecho el resto, pero aun así, no habría sucedido sin ella.

Es más, eso le dio una excusa para volver a verlo.

Y debido a su gratitud, sus padres iban a ir, y debido a su amor por ella, lord Wharton también. ¿O era porque nunca había estado cerca de la reina y porque no cesaba de decir el honor que eso supondría?

—Creo que el mayor honor sería dar las gracias al capitán Carruthers por haberme salvado la vida —

señaló Beryl, aunque en realidad no podía culpar a Arthur por su emoción. Después de todo, la reina Victoria era la monarca más querida que se recordaba.

Beryl y su madre tardaron una semana en decidirse por la ropa. Otra semana para cambiar de opinión y luego unos días más para considerar sus peinados.

Al final, nada de eso importó, pues todas las miradas estaban puestas en la reina, que llevaba el manto y las insignias de la orden de caballería que había elegido para el capitán, así como en su apuesto príncipe consorte. Y cuando no los miraban en toda su regia magnificencia, los ojos de todo el mundo se dirigían a la propia abadía, mientras paseaban por la nave, con su techo alto y elevado, que parecía llegar al cielo.

Beryl sabía que podía llevar el odiado saco de arroz y nadie lo notaría. Lo cual era como debía ser. En cuanto al capitán, tenía todo el aspecto de un caballero andante cuando la reina le tocó el hombro con una espada y lo declaró Caballero de la Gran Cruz de la Muy Honorable Orden del Baño.

En ese momento, Beryl oyó al escocés pelirrojo sentado cerca, al que reconoció como el primer oficial del Robert, repetía «Orden del Baño» con un tono decididamente socarrón.

Arthur se inclinó y susurró:

—Solían purificar al caballero en un baño y lo ponían a secar en la cama.

Lo dijo tan seriamente mientras pronunciaba unas palabras tan cómicas, que Beryl tuvo que llevarse la mano a la boca para no reírse. Por desgracia, Philip la miró en ese momento, y ella esperaba que no pensara que lo encontraba gracioso. Desde luego, no lo hizo. Pensó que su aspecto era más llamativo y tenía más fuego que cualquiera de los presentes, incluidos el príncipe Alberto y todos los demás caballeros que se habían congregado para la investidura.

A continuación, el príncipe consorte prendió la insignia en la capa de Philip, antes de pasar a la fila de otros dos hombres que también recibían el honor ese día.

Antes de que Beryl se diera cuenta, todo había terminado y estaban fuera, bajo el sol. Fue entonces cuando vio a Leo, deslizándose a través de las enormes puertas del oeste de la abadía cuando alguien las abrió, arrastrándose sobre sus patas hacia donde estaban reunidos.

Por segunda vez en el día, Beryl quiso reírse a carcajadas.

—Parece usted muy divertida por mi título de caballero, señorita Angsley —dijo Philip, hablando por primera vez.

—Oh, capitán, quiero decir sir Carruthers —corrigió Beryl, viendo cómo él se sonrojaba ligeramente—, no es su título de caballero lo que me divierte, lo prometo. Creo que es bien merecido y me siento honrada de estar aquí. Pero acabo de descubrir quién estaba en la abadía observándolo.

Y Beryl señaló hacia donde Leo estaba de pie sobre sus fornidas patas, mirando al grupo.

Rufus, que estaba junto al señor Churley, empezó a reírse con ganas.

—Por lo que he oído —dijo él—, el maldito gato también debería haber recibido un título de caballero.

Todos se rieron, excepto Arthur, que se quejó.

—Creo que el animal rebaja bastante la solemnidad de la ocasión.

Beryl puso los ojos en blanco, sintiéndose un poco avergonzada por el hombre con el que pronto se casaría dentro de pocas semanas.

El capitán —pues aunque ahora era un caballero, ella siempre lo consideraría así— ignoró a Arthur y se giró hacia sus orgullosos padres, que estaban a su lado.

—Creo que hoy Robert ha enviado al gato en su lugar —declaró.

Su madre lloró y su padre le estrechó la mano. Los dos encantadores hermanos de Philip, a los que Beryl acababa de conocer, ambos unos años más jóvenes que ella, abrazaron a su hermano.

A Beryl le dolió el corazón al pensar que esta podría ser la última vez que estuviera en presencia del capitán. Más que nada, deseaba poder rodearlo con sus brazos, atraer su cabeza hacia la suya y besarlo.

Por supuesto, no podía hacer eso. La próxima vez que estuviera en la casa de Dios, sería el día de su boda.

Capítulo 16

Aquella noche, de juerga con Rufus y Churley en un espantoso palacio de la ginebra, Philip no podía dejar de pensar en Beryl. Había estado impresionante con su vestido de seda púrpura, y él había querido levantarse ante su reina, sus padres —y el maldito prometido de ella—, y declararle su amor. Era divertida, valiente, inteligente y encantadora.

Con cada vaso de ginebra, su humor caía en picado. Tenía que dejarla con su planeada y esperada vida, llena de lujos y todas las gracias sociales que se merecía, junto con el matrimonio con un par del reino.

Al que ciertamente él no iba a asistir, a pesar de que había sido invitado, allí mismo, en las escaleras de la abadía de Westminster.

—Por supuesto, estamos muy agradecidos por traerla de regreso sana y salva —había dicho lord Wharton—, solo debe compartir nuestro feliz día para ver el futuro que ha permitido que ocurra.

Philip había intentado intercambiar una mirada con Beryl para ver sus pensamientos sobre su próxima boda, pero ella estaba mirando fijamente a su futuro marido.

Al final, Philip había murmurado algo neutral, en lugar del «¡Fuego del infierno, no!», que estaba pensando.

Entonces Beryl le había preguntado qué pensaba hacer a continuación, otra misión para la reina, tal vez.

Una vez más, había sido impreciso, porque realmente no lo sabía.

—Puede que vuelva al mar o incluso a Dumfries. —Luego miró a su padre en busca de una señal de su destino—. No tengo ningún deseo en este momento de hacer un viaje largo —había añadido, aunque si Beryl le pedía que fuera solo por la seda suficiente para hacer el vestido que llevaba, Philip lo dejaría todo y navegaría alrededor del mundo por ella.

¡Qué tonto tan enamorado!

Beryl emitió un sonido para mostrase de acuerdo.

—Yo, por mi parte, estoy decidida a no volver nunca a Oriente.

—No —convino Arthur—. Un lugar espantoso, obviamente.

Esta vez, Philip había captado su mirada y ella se la había sostenido. ¿Estaba pensando en las cosas no espantosas y muy maravillosas que habían sucedido, como su primer beso, sus largas conversaciones, y más besos?

—No es que me lo haya pedido —había añadido ella, con los ojos aún clavados en los de Philip.

—No —había respondido este, hablándole a solas, pensando en su seguridad como lo más importante de su vida—. No lo haría.

Luego, como todos le miraban fijamente, había añadido:

—El mar no es lugar para una mujer.

Rufus había soltado una carcajada.

—Qu se lo digan a Ching Shih. —Y luego les había hablado a los demás de la dama pirata china que había gobernado los mares de Oriente y más allá durante muchos años.

—Fascinante —había dicho la madre de Beryl—. Pensar en una mujer con tanto poder.

En ese momento, la reina Victoria, rodeada de sus guardias, salió de la abadía, y todos se quedaron mirando con los ojos muy abiertos.

—No es tan inusual después de todo —señaló lord Angsley—. Felicidades, de nuevo, *sir* Carruthers.

Philip hizo una mueca.

—Creo que seguiré siendo capitán, gracias, o incluso señor.

—O lord C... —había comenzado a decir Rufus.

—No lo diga —lo cortó Philip.

El grupo se había disuelto, y por un momento, Philip observó cómo Beryl se alejaba del brazo de lord Wharton, caminando hacia su futuro como el hombre había dicho.

—Vamos a buscar diversión de inmediato. Y tampoco a ningún sitio elegante.

—Sí, sí, capitán —habían acordado Rufus y Churley.

Así, ahora se encontraban borrachos y felices, o al menos borrachos, y rodeados de putas con olor a ginebra.

Mientras su primer oficial y su intendente decidían a qué mujeres se iban a tirar, Philip se tambaleó tranquilamente en la noche.

¡Ahí estaba Leo!

—Un día lo van a secuestrar o atropellar si no tiene cuidado.

Aterrado al instante ante la idea de perder al gato de Robert, Philip hizo algo que nunca hacía. Lo cogió en brazos.

—Ya, ya —le tranquilizó mientras Leo siseaba y aullaba. Lo apretó en un abrazo varonil.

Luchando, dejando que Leo le diera unos buenos arañazos, Philip se aferró a él hasta que encontró su carruaje, y entonces le dejó saltar de sus brazos al asiento. No era el elegante clarence de su padre, apto para transportar damas. Tampoco era un peligroso faetón de techo, como en el que había corrido y muerto su hermano.

Era solo un tilbury ligero. Perfecto para un soltero y su gato. Aunque supuso que, si tenía una amiga, sería deseable un interior cubierto, adecuado para las citas. En su lugar, al ir descubierto, se enfrentó a los elementos londinenses de hollín y niebla y se dirigió a su casa: un caballero del reino recién investido.

—¡ESTÚPIDA, ESTÚPIDA, ESTÚPIDA! —DIJO Beryl en voz alta.

—Basta —le dijo Eleanor—. No eres estúpida.

—Pero antes estaba contenta y ahora me siento inquieta. Nunca debería haberme ido con mi padre.

Eleanor arrugó la nariz.

—¿De verdad? ¿Te habrías perdido la aventura de tu vida para sentirte contenta?

No era la falta de aventura en su vida. Era la falta de Philip Carruthers. Sin embargo, no podía decírselo a su amiga. Si lo hacía, sería una terrible traición a Arthur. Además, Philip había desaparecido después de la ceremonia de investidura y ella no había vuelto a saber de él. Le parecieron meses, aunque solo habían sido un par de semanas. Podrían ser años, porque no tenía motivos para pensar que volvería a verlo. Nunca más.

Si nunca hubiera viajado a Oriente y nunca lo hubiera conocido, estaría contenta y esperaría la vida de casada como la mayor aventura que pudiera imaginar. En cambio, cuanto más se acercaba el día de su boda, más inquieta se sentía.

En ese momento, sentada en el salón con Eleanor, solo quería que la ceremonia terminara para no tener que pensar más en alternativas posibles, aunque irreales. En cuanto fuera *lady* Wharton, podría empezar a dirigir su propia casa. Entonces su siguiente aventura sería la maternidad.

—Voy a ser madre —dijo Beryl suavemente.

—¿Qué? —Eleanor se levantó de un salto—. ¿Tú y Arthur...?

—¡No! —Beryl interrumpió a su amiga antes de decir las palabras. Apenas se habían besado—. Lo siento, siéntate. Solo estoy pensando en el futuro. Mi mente está acelerada. Volvamos a hablar del desayuno de la boda, ¿de acuerdo?

—¿Has decidido dónde ir después de las nupcias? Te vas a ir de luna de miel, ¿no?

Beryl asintió.

—Me gustaría ir a Land's End.

—¿A Cornualles? —Eleanor frunció el ceño—. Está muy lejos y desierto.

—Es cierto, pero la gente dice que es precioso: las playas, las calas, los alojamientos de los piratas.

—¡¿Piratas?! —exclamó Eleanor.

—¿Qué? —Beryl saltó al oír la palabra.

Su amiga dio un sorbo a su limonada y frunció el ceño.

—Has dicho alojamiento para piratas.

—No, he dicho alojamiento privado. O al menos, eso quise decir. De todos modos, dudo que vayamos. Arthur desea tomar un barco desde el muelle del Viejo Cisne para cruzar el río hasta Gravesend y pasar un día allí.

Eleanor arrugó la nariz.

—Eso no es un viaje de bodas.

—Estoy de acuerdo. Todo son barcos de berberechos y muelles feos y no hay suficiente arena suave ni un océano bonito. ¿Recuerdas la última vez que fuimos tú y yo? Estaba tan lleno de gente...

—Y las gambas —le recordó Eleanor.

Se rieron al recordarlo.

—Cierto, en todas partes había esos horribles carteles: «Té y gambas, nueve peniques». No creo que combinen bien. Además, ¿por qué iba uno a pasar la noche allí?

—Desde luego, no la noche de bodas. Cornualles suena mejor. Bastante romántico, de hecho.

—Sí —estuvo de acuerdo Beryl. La idea de quedarse dormida con el océano golpeando la tierra, encerrada en los brazos de Philip, mientras él le contaba historias de los piratas de Perranporth, era absolutamente celestial.

Los brazos de Arthur. ¡Maldita sea!

—Si me empeño en una luna de miel junto al mar, probablemente acabaremos en Ramsgate o Dover. Mucho más cerca. Y a Arthur no le gusta viajar lejos.

Las dos sorbieron sus bebidas en silencio. Arthur y ella tendrían que adaptarse el uno al otro. Simplemente debían hacerlo. Después de todo, ¿no había dicho ella que había tenido suficiente aventura para toda la vida?

Era extraño que Philip no pudiera concentrarse en las palabras de su padre cada vez que hablaban del negocio de la lana o de ir a Dumfries a visitar sus rebaños de ovejas.

De repente, se dio cuenta de que su padre había hecho una pausa y quizá estaba esperando una respuesta.

—Sí —dijo Philip en medio del silencio.

—¿Sí? —Douglas Carruthers parecía confundido.

—¿No? —Intentó de nuevo—. Rotundamente, no.

Su padre suspiró.

—No importa. —Empujando su silla hacia atrás, el hombre se puso de pie—. No has escuchado nada de lo que he dicho. Podría hablar hasta el cansancio y nunca conseguiría que te interesaras por la esquila y el cardado de la lana o, Dios no lo quiera, por las larvas. Ni siquiera sabes la diferencia entre los tejidos de lana y de estambre.

—Es cierto —dijo Philip encogiéndose de hombros—. Podría aprender.

Su padre sacudió la cabeza, pero sin un rastro de decepción.

—Nunca te concentrarás en las ovejas lo suficiente como para aprender. No importa lo lucrativo que sea. Y yo no podría distinguir una vela de otra o cómo hacer un nudo marinero para salvar mi vida. Esa fue siempre la gente de tu madre.

Philip asintió con la cabeza. Su padre había dejado que su familia disfrutara de los veranos en Cornualles junto al mar, pero nunca había entrado en el agua, que Philip recordara. Tampoco Douglas Carruthers había podido ayudar a sus hijos gemelos a construir sus pequeñas embarcaciones y a navegarlas más allá de las olas.

—Supongo que me uniré a las filas de los marinos mercantes.

—¿Y no a la Marina? —preguntó su padre, y luego ofreció una sonrisa que coincidía con la de su hijo. Claramente, ninguno de los dos podía imaginarlo.

—Me temo que no, padre. Demasiadas órdenes de gente que no tiene por qué darlas. Tampoco quiero acabar en una de las batallas marítimas coloniales de Gran Bretaña, enviado al fondo del mar a causa de la caña de azúcar o los esclavos.

Su padre le puso una mano en el hombro.

—Y no quiero perder otro buen hijo.

Philip recuperó el aliento. Eran las palabras más amables que su padre había dicho desde que perdió a Robert.

—Además, ahora eres un caballero, debe de haber alguna forma de convertir eso en un medio de vida.

Philip se rio.

—Veré si alguien en el palacio me paga por recorrer el país rescatando damiselas y siendo caballeroso.

Ambos se rieron.

—En realidad, el secretario de Exteriores de la reina envió una carta indicando que hay alguna misión en camino. —Philip se había sorprendido al recibir la carta oficial, y aún más cuando le dijeron que lord Angsley sería el siguiente en ponerse en contacto con él.

—Siempre y cuando no esté fuera tanto tiempo la próxima vez —dijo su padre—. Fue duro para tu madre.

Cuando su padre lo dejó solo, sentado en el jardín trasero de su casa, Philip no dejó de pensar en damiselas en apuros, al menos en una. Y aunque debía tomar una decisión sobre su vida, tenía que esperar para saber qué tenía que ver lord Angsley con ella.

—ME ALEGRO DE VERLE, capitán.

—Y a usted, señor. —Philip estaba al fin de vuelta en la casa de Beryl, convocado allí por su padre, y solo podía esperar verla.

—Siento el retraso. He estado bastante ocupado con mi nuevo puesto y los preparativos de la boda de mi hija. Hay más cosas que hacer para casarse en estos días que para preparar la batalla de Waterloo, se lo aseguro.

El corazón de Philip se encogió. Por qué se había permitido imaginar que la necesidad de lord Angsley de hablar con él tenía algo que ver con la boda de Beryl —en particular con su cancelación—, Philip no podía comprender su propia estupidez.

—No sabría decirle, milord.

—Vestidos, más de uno, comida y flores, y música e invitados. Todo demasiado importante para el día y no para lo que sigue.

—¿Milord? —preguntó Philip. Lord Angsley no podía referirse a la noche de bodas, aunque eso era lo único en lo que Philip podía pensar: lord Arthur Wharton, con cara de pasta, llevándose a su reciente esposa a la cama.

Al darse cuenta de que sus manos se habían convertido en puños, Philip se relajó y se concentró en el hombre sentado frente a él.

—Sí —continuó lord Angsley—, lo que importa son los muchos años de matrimonio, no la maldita ceremonia ni el desayuno nupcial, que parece estar convirtiéndose en una fiesta de bodas de proporciones épicas.

¿Qué podía decir Philip? Absolutamente nada. Pasar el resto de su vida despertándose junto a Beryl como su esposa y de irse a dormir después de hacer el amor con ella le parecían una muy buena idea.

—No me ha preguntado, capitán.

Philip frunció el ceño.

—Sobre mi nuevo puesto que acabo de mencionar. Sus pensamientos eran todos para la boda, supongo que como los de todo el mundo por aquí.

¿Desea asistir? Es lo más apropiado, supongo, ya que no habría una boda de no ser por usted.

—No —dijo Philip, luego se dio cuenta de que prácticamente había gritado—. Quiero decir, estoy seguro de que es un evento familiar. Por favor, milord, hábleme de su nuevo puesto. —Porque una palabra más sobre el casamiento de Beryl y perdería la cordura.

—He sido nombrado enviado diplomático real a España, retirado de la ruta del lejano Oriente, ¡gracias a Dios y gracias a la reina!

Philip no estaba seguro de cómo responder.

—Es una buena noticia, si está contento con el nombramiento.

—Oh, definitivamente. Hace la vida más fácil en todos los sentidos. Solo hay que pensar en lo cerca que está España. El clima es agradable, también. Lo considero una recompensa por mi tiempo de servicio en Oriente.

—Parece un honor, milord —ofreció Philip, todavía preguntándose por qué el hombre sentía que tenía que confiar en él.

—No estoy seguro de que sea un honor, capitán. No es algo parecido a su título de caballero. De hecho, notará que hay un gran número de barones y vizcondes en las filas diplomáticas. Somos tantos que somos prescindibles —bromeó—. No como los raros marqueses o duques.

—Ya veo. —Philip nunca había pensado en ello, y estar de acuerdo le pareció un insulto.

—Para ir al grano, necesitaré un barco que me lleve a las soleadas costas de la península Ibérica. Le dije a la reina que el suyo sería muy adecuado.

Las palabras se filtraron a través de su brumoso cerebro, distraído por las bodas y los barones, como un sol que atraviesa las nubes.

—¿Mi barco? —preguntó Philip—. ¿Desea utilizar el Robert como transporte de embajadores?

—¡Exactamente! A diferencia de ir a Oriente, ahora no puedo presentarme en el mar Mediterráneo en un barco de guerra de la Marina Real, ¿verdad? Las cosas son demasiado inestables en esa parte del mundo, y estaríamos en guerra antes de que nos diéramos cuenta. Con sus líderes siempre cambiando y sus guerras civiles y golpes de estado, necesitaré pasar por el estrecho de Gibraltar más o menos una vez al mes. ¿Está usted dispuesto a una misión así, capitán?

Sin dudarlo, Philip respondió:

—Sí, milord. Lo estoy.

—Primero, tendrá que construirme un camarote cómodo. A no ser que quiera que confisque el suyo.

—No, milord. No quiero —dijo Philip con franqueza, esperando no haberlo ofendido.

Lord Angsley se rio.

—Naturalmente, la corona pagará los gastos. Además, es posible que recibamos a un dignatario extranjero a bordo de vez en cuando, así que necesitamos un camarote que parezca... bueno, señorial.

—Por supuesto. —El cerebro de Philip se apresuraba a pensar en qué lugar del barco podría caber un camarote digno del representante de la monarquía británica. Además, ¿sería adecuada la comida de su cocinero? ¡Qué maravilloso dilema!

—Parece usted, si me permite decirlo, capitán, bastante más feliz que cuando entró en mi despacho. Y aún no le he hablado de su indemnización.

Entonces la puerta se abrió detrás de él, y el pelo de la nuca de Philip se erizó. Sin volverse, incluso antes de oír su jadeo de sorpresa, supo que era Beryl.

Capítulo 17

De pie, al igual que su padre, Philip sintió que los latidos de su corazón se aceleraron al verla. Beryl estaba más hermosa, si cabe, cada vez que la veía. O tal vez, solo era que cada vez la apreciaba más.

Se había detenido en la puerta, con sus suaves ojos marrones muy abiertos y los labios ligeramente separados. Si su padre no hubiera estado en la habitación, ya estaría en sus brazos.

—Mis disculpas —comenzó a decir ella, con la mirada fija en la de él—. No sabía que tenías compañía, padre.

—Muy bien —dijo lord Angsley—. Seguro que recuerdas al capitán. Acabábamos de concluir nuestros asuntos.

Al darse cuenta de que aún no había dicho una palabra, Philip la saludó.

—Me alegro de verla, señorita Angsley.

—Gracias, capitán. Espero que esté bien.

—Lo estoy, gracias. ¿Y usted? —Quería gritar ante la tibieza de la conversación educada.

—Lo estoy.

Habían agotado todas las frívolas palabras de bienvenida. ¿Y ahora qué?

—Beryl, ¿me necesitabas? —preguntó su padre.

—Pues sí, yo... —Beryl miró el paño que tenía en las manos. Sus mejillas se sonrojaron—. Quería saber qué color de chaleco querías que usara el sastre.

Philip vio que ella sostenía dos muestras diferentes de fino brocado.

—Oh —dijo lord Angsley—, más decisiones para el día de la boda. Sinceramente, querida niña, no me importa. Lo que tú y tu madre penséis que es lo mejor.

Beryl asintió con un gesto, y Philip sintió como si las paredes se cerraran sobre él. La habitación parecía más pequeña que su camarote y con la mitad de aire. Necesitaba salir de allí.

—Estoy seguro de que el capitán no quiere perder su tiempo en estos asuntos —dijo Su Señoría.

—No, milord —aceptó Philip—. Estoy seguro de que, elija lo que elija, señorita Angsley, será lo mejor —añadió, esperando que no sonara grosero—. Debo despedirme.

Excepto que ella estaba bloqueando su salida.

—Por favor, acompaña a nuestro invitado a la salida —dijo lord Angsley a su hija, haciendo que las mejillas de Beryl se pusieran más rojas.

Philip se volvió hacia el padre de ella y se dieron un apretón de manos por su nuevo acuerdo.

—Será mejor que empiece con esas renovaciones, capitán.

—Lo haré, milord. —Con una pequeña reverencia, se despidió, encontrándose caminando detrás de la torneada figura que rondaba sus noches.

—¿A qué renovaciones se refiere mi padre? —le preguntó ella en el vestíbulo.

—Del Robert. Voy a prepararlo para uso diplomático.

Los ojos de Beryl se iluminaron con interés.

—¿Para mi padre?

—Precisamente.

Ella asintió con aprobación.

—Mi madre está muy contenta con su nuevo puesto.

En ese momento, tres de sus hermanos bajaron corriendo las escaleras, atravesaron el vestíbulo y recorrieron el pasillo hasta la parte trasera de la casa. El tercero en discordia le sacó la lengua a Beryl en su camino.

Philip se rio.

—Ya veo por qué ella no quiere que lord Angsley esté tan lejos durante un año.

—Precisamente —respondió Beryl.

Se miraron fijamente.

—Quizá cuando esté asentada —dijo ella—, me lleve a mis hermanos durante unas semanas y así mi madre podrá viajar con mi padre.

«Cuando esté asentada, es decir, casada». Philip odiaba pensar en ese día.

—¿Qué dirá su marido a eso? —preguntó, casi atragantándose con la palabra.

Ella se encogió ligeramente de hombros.

—Arthur es bastante receptivo, en realidad. Le gustan mis hermanos y hermanas.

Sin duda, también rescataba cachorros y estaba en el camino de la santidad.

—Tal vez cuando usted se establezca —consideró Philip—, entonces deseará volver a hacer un viaje con su padre.

Beryl abrió los ojos de par en par al pensar en ello, y luego, maldita sea, su mirada se dirigió a su boca, y él supo lo que estaba pensando. Si se encontraban en los confines de su barco durante algún tiempo, acabarían en un apasionado abrazo.

—No —dijo ella tras una pausa—. Eso no sería posible. Incluso si puede construir un camarote para mi padre, no creo que tenga espacio para otro.

Como si ese fuera el problema.

—Le daría mi cama —dijo él, y su voz se volvió involuntariamente ronca—. Quiero decir, todo mi camarote, por supuesto.

Beryl miró la tela que tenía entre sus brazos. Material para su vestido de novia. Cuando volvió a levantar la vista hacia él, la suavidad de su expresión había desaparecido. Parecía decidida, concentrada, incluso obstinada.

—No, capitán. Creo que no. Cuando sea una vizcondesa felizmente casada, tendré muchos deberes que me mantendrán a salvo en tierra. Hablando de deberes, debo volver a ellos.

Beryl señaló con la cabeza al mayordomo de los Angsley, que estaba en silencio, y este abrió la puerta de par en par.

Leo estaba en el escalón, lamiéndose las patas al sol del mediodía. Cuando se abrió la puerta, levantó la vista, con la pata a medio camino de la boca y la lengua fuera, en una imagen adorable.

Como era de esperar, Beryl arrulló con alegría.

—¡Leo! ¿Por qué demonios no has entrado?

Philip negó con la cabeza. Lo dijo como si fuera un invitado de honor y no un gato sarnoso de color amarillo anaranjado.

Arrojando las piezas de brocado a los brazos de Philip, Beryl se agachó y cogió al gato. Philip podría jurar que el animal chilló de sorpresa. Dejarse acariciar era una cosa, incluso acurrucarse junto a ella en la cama del camarote del barco —¿quién no querría hacerlo?—, pero que lo cogieran sin contemplaciones y lo sostuvieran como a un bebé, era otra muy distinta. ¿Lo soportaría Leo?

Preparado por si tenía que arrancar a la bestia de los brazos de Beryl si intentaba arañarla, Philip observó cómo ella frotaba su barbilla sobre la suave cabeza de Leo, y entonces, para su asombro, oyó cómo empezaba el fuerte ronroneo.

El gato estaba completamente enamorado de la señorita Beryl Angsley. Igual que él. Debería tirar los estúpidos tejidos al suelo, tomarla en brazos y ofrecerle una vida de... ¿qué exactamente?

Una habitación en la casa de sus padres y un estrecho camarote de barco. Tenía bastante claro que ella esperaba su vida como esposa de un vizconde. ¿Cómo podía esperar él igualar los lujos y las oportunidades sociales que acompañaban a tal título? No podía.

—La dejaré con sus planes de boda —dijo Philip, sabiendo que sonaba rígido.

Después de todo, la puerta ya estaba abierta, pero ¿debía coger a su gato de los brazos de Beryl y arriesgarse a una muerte felina, o pedirle que ella bajara a Leo?

Al fin, se decidió por lo segundo.

—Capitán. —El tono de Beryl sonaba expectante mientras bajaba a Leo al escalón junto a él.

—Sí. —Lo que ella le pidiera, él lo haría.

—¿Asistirá a mi boda?

¡Excepto eso!

—No, gracias, señorita Angsley. No me interesan las bodas, las ceremonias ni las fiestas. —Y le devolvió las telas—. Buenos días.

Philip se giró con rapidez para no tener que ver la decepción en sus ojos.

ERA EL DÍA DE su boda, por fin. Arthur la había sorprendido con un hermoso brazalete la noche anterior, y ahora Beryl se mantenía quieta mientras su doncella se lo ajustaba a la muñeca. Diamantes y zafiros, nada de la familia de piedras preciosas del berilo, pero él no debía saber que eso importaba.

En unas horas, sería la nueva *lady* Wharton. Maravilloso.

Era una emoción tan fuerte como ella podía imaginar. No estaba terriblemente infeliz por ello. Era un hombre cariñoso y, después de algunos intentos, Beryl le había enseñado a inclinar la cabeza para que sus bocas encajaran bien, pero hasta ahora no había conseguido tocar su lengua y él tampoco había intentado introducir la suya en su boca.

Eso vendría más tarde, quizá esta noche. Ni siquiera le molestaba desvestirse delante de él, estaba tan a gusto con él como si fuera su vestido favorito o sus zapatillas de casa.

Sin duda, se dijo que eso era mejor que tener siempre mariposas en el estómago al ver a cierto capitán. O que se le calentaran las mejillas y se le secara la boca. De vez en cuando, incluso le faltaba la respiración cerca de Philip Carruthers. Nada de eso podía ser saludable. Ni debería ser lo más deseable.

No lo era. Le tenía mucho cariño a Arthur, y se llevarían bien.

Además, Philip había dicho que no le interesaban las bodas, y ella supuso que también se refería a la suya propia. La verdad era que no parecía el tipo de hombre que va a trabajar a un despacho y luego vuelve a casa por la noche, día tras día. Parecía el tipo de hombre más adecuado para estar detrás del timón, con el viento en su hermoso cabello oscuro.

Beryl se miró al espejo, con su vestido azul pálido casi blanco, y se preguntó qué pensaría el capitán de...

¡No! Debía preguntarse qué pensaría Arthur de ella.

—¿Hemos terminado? —le espetó Beryl a su doncella, lamentando al instante el tono malhumorado de su voz—. Lo que quiero decir, Emma, es que ha hecho un trabajo tan bonito con mi pelo y mi vestido, que no puedo imaginar que haya nada más que hacer.

—Sí, señorita. Creo que sus padres están listos para irse.

Bien. Ella quería terminar este día y seguir con su vida. En cuanto acabase la ceremonia, se firmara el registro y salieran de la sacristía, celebrarían el desayuno nupcial en casa de su primo, ya que el conde de Cambrey tenía un salón más grande en Cavendish Square que el que tenían en su propia casa. Los numerosos regalos se llevaron allí y se expusieron en el salón de los Cambrey. Incluso el vestido de viaje de Beryl ya estaba allí, dispuesto en un dormitorio de invitados para que se lo pusiera después de la comida de celebración.

Su baúl estaba preparado para un viaje de una semana a la costa. Arthur había dicho que si tenían que ir más allá de Gravesend, no sería a Ramsgate. Aunque era lo bastante buena para la reina Victoria cuando era niña, la ciudad costera se consideraba ahora un poco vulgar. En su lugar, tenían dos billetes para el ferrocarril del sudeste hasta Dover, donde verían los acantilados calcáreos y disfrutarían del nuevo muelle, la pista de hielo y las máquinas de baño, y se alojarían en una bonita habitación de hotel.

Qué bien.

Pronto, Beryl llegó a la iglesia de Todas las Almas en Regent Street, con flores en las manos, cuyas palmas estaban inexplicablemente húmedas. No podía entender por qué estaba tan ansiosa. Todo estaba en orden: la iglesia había sido nombrada correctamente en la licencia y tanto ella como Arthur vivían en su parroquia. Su prometido incluso había insistido en que los clérigos oficiantes publicaran las amonestaciones tres domingos seguidos, aunque con la licencia normal no era necesario.

El edificio de piedra de color arena, diseñado por el afamado arquitecto John Nash, era un poco extraño y también bastante bonito. Al entrar por debajo de la a menudo ridiculizada y excesivamente puntiaguda aguja —que hacía pensar a Beryl en una lanza medieval—, pasó entre las amplias columnas corintias con su familia y entró en el vestíbulo.

Mientras cruzaba este, decorado con mosaicos grises y verdes con sus zapatillas de novia, pudo oír las voces de familiares y amigos que salían del interior de la iglesia.

«Ya está», pensó.

A medida que seguía a sus damas de honor, incluida Eleanor, por el pasillo principal de la nave hacia su prometido y sus padrinos, Beryl dejó de contar los bancos después del catorce. Debería estar centrada en pensamientos profundos y amorosos sobre Dios y Arthur Wharton, no contando los asientos. ¿Qué le pasaba?

Los latidos de su corazón parecían acelerarse cuanto más se acercaba al altar y al rector, que le sonreía benignamente. Miró hacia el elevado techo, intentando tener pensamientos tranquilos, y contempló el segundo piso de cada una de las naves laterales y su línea simétrica de columnas, que daba a toda la iglesia un aire elevado y clásico. Los bancos del piso superior estaban vacíos, ya que su padre había mantenido la lista de invitados en un número manejable de cien, más o menos.

En ese momento se alegró de no tener más ojos mirándola, quizá juzgándola. Porque se sentía un poco como un fraude, después de haber discutido con Eleanor a primera hora de la mañana lo tibias que eran sus emociones y las de Arthur.

Eleanor le había dicho que olvidara todo el asunto.

Beryl se había reído de eso. Ahora no tenía ganas de reírse. En cambio, se recordó a sí misma que había novias en toda Gran Bretaña que se habían casado solo con sentimientos de afecto y habían tenido matrimonios largos y felices.

O eso suponía.

El único pensamiento que la atormentaba, que la carcomía a cada paso que daba para pronunciar sus votos con Arthur, era este: «Amo a Philip Carruthers con todo mi corazón y mi alma».

Capítulo 18

Philip se paseaba a lo largo de su barco vacío, desde el castillo de proa hasta la cubierta principal, pasando por la cubierta de popa y volviendo a ella. Rufus había estado allí la noche anterior, escuchando los desplantes de Philip, borracho, sobre la inutilidad de los vizcondes.

—¡Entonces tome a la muchacha para usted, maldita sea! —había dicho Rufus al fin—. Nunca será feliz de otra manera, y estoy jodidamente harto de escucharlo. —Luego se había ido.

Leo no estaba caminando con él. Estaba sentado en la barandilla, de espaldas al barco, mirando hacia el Támesis. El gato no había parecido ni un poco molesto cuando Philip se había despertado gimiendo con un fuerte dolor de cabeza después de solo un par de horas de sueño, ni tampoco había parecido preocupado cuando su dueño se desplomó sobre la borda hasta el suelo de abajo, ya que su barco seguía en dique seco. Y allí permanecería una semana más. Ya no necesitaba reparaciones, el Robert estaba casi terminado de ser reacondicionado para el uso del emisario real de Su Majestad en España.

Pero Philip no creía que pudiera hacerlo. ¿Cómo podría navegar con el padre de Beryl, siendo el hombre un recuerdo constante de la mujer que amaba? Sin duda, lord Angsley le contaría cómo le había ido en su vida de casada, pensando que Philip querría escuchar sus últimas noticias después de salvarle la vida.

Un día, su padre le diría, sin duda, que ella estaba embarazada. Philip había decidido que podía fingir que Beryl y Arthur, de rostro pastoso, no tenían relaciones conyugales hasta ese momento. Entonces, podría imaginarse arrojándose al mar.

—¡Contrólate, hombre! —gruñó Philip, y la cabeza de Leo se giró, fijando sus reflexivos ojos amarillos en los de su dueño.

¿Le estaba diciendo algo el gato? Lentamente, Leo saltó de la barandilla hasta la cubierta y se abalanzó sobre él.

Cuando el gato se le acercó de nuevo, tenía un ratón colgando de sus mandíbulas. Bastante muerto.

Philip se golpeó la frente con la palma de la mano por su propia estupidez, y luego gimió por el dolor de cabeza. ¡Un mensaje del gato! ¡Qué idiota!

Pero, pensándolo bien, tal vez lo fuera. Leo sabía lo que quería y lo tomaba —como un verdadero pirata—, aunque el ratón no apreciara su determinación. El gato también había otorgado su afecto cuidadosamente, a propósito, al parecer, a una dama en particular. Una dama tan digna de ser amada, que Philip no podía imaginar sentir lo mismo por otra, por más que lo intentara.

Además, no quería intentarlo. Quería a Beryl.

Si pensaba que ella no tenía ninguna inclinación hacia él en respuesta, Philip esperaba que fuera lo bastante civilizado como para ignorar la suya y dejarla en paz. Sin embargo, ella se había derretido en sus brazos, y él había conocido el deseo de complacerla para el resto de sus vidas. Y todavía no la había hecho suya.

Echando un vistazo a su barco, decidió que era un hogar tan bueno como cualquier otro. Su camarote había sido arreglado mientras se hacían las demás reparaciones. Además, su madre ya le había regalado la casa de Newquay, con las vistas más hermosas y el puerto más tranquilo, un lugar perfecto para descansar cuando estuvieran en Inglaterra. De hecho, un lugar perfecto para criar a los hijos.

A menos que Beryl quisiera realmente la vida de una vizcondesa y deseara el torbellino social de Londres.

«Prefiero con mucho mi sencillo collar a las relucientes joyas de la duquesa», le había dicho en la diligencia, mirándole fijamente a los ojos tras su segundo rescate.

Solo una mujer entre mil diría tal cosa. Quizá una mujer a la que no le importara ser la esposa de un capitán de barco, en lugar de la de un vizconde.

Philip sintió que empezaba en los dedos de los pies y subía por su cuerpo, una sensación incivilizada, sin ley, incluso bárbara. Una decisión de tomar lo que quería.

—¡Soy un maldito pirata! —gritó, solo con el gato para escucharle.

Todavía era temprano, gracias a Dios, demasiado temprano para que la boda hubiera tenido lugar. Tal vez tenía dos horas, con suerte.

Al desembarcar por la plancha que se apoyaba en el costado de su barco, llamó a un coche de alquiler en pocos minutos. Primero, se dirigiría a su casa para lavarse y cambiarse, y luego se detendría en la casa de Rufus, pues necesitaba ayuda para llevar a cabo su mal concebido y precipitado plan. Su plan pirata.

Luego, los dos —tres, enmendó, ya que Leo estaba sentado a su lado—, correrían hacia la iglesia de Todas las Almas, donde el padre de Beryl le había dicho que se celebraría la boda.

BERYL ENTREGÓ SU RAMO a Eleanor y dejó que Arthur le cogiera las manos. Si tan solo pudiera evitar que le temblaran...

El rector estaba diciendo algo, pero a Beryl le zumbaban los oídos y no podía entender sus palabras. En su propia cabeza, podía oírse a sí misma diciendo algo que definitivamente no debía decir en voz alta: «No puedo casarme contigo, Arthur».

Se mordió el labio para no soltar ese pensamiento que arruinaría ese hermoso día, ofendería a su prometido, insultaría a su familia, interrumpiría la boda, incomodaría a los invitados y posiblemente decepcionaría a sus padres.

Entonces, un murmullo comenzó en la parte delantera de la iglesia, y ella miró hacia atrás, a lo largo de la nave.

¡Leo! El gato se paseaba por el pasillo principal, mirando a derecha e izquierda mientras la gente hacía ruidos o se reía. Algunos intentaron que se detuviera, con un «gato, gatito, ven aquí», pero él siguió caminando hasta detenerse justo delante de ella, mirando hacia arriba con aquellos preciosos ojos dorados.

Una carcajada, ciertamente nerviosa, rozando la histeria, brotó de la garganta de Beryl.

—No creo que esto sea divertido en absoluto —protestó Arthur—. De hecho, es repugnante. Un animal picado por las pulgas, aquí, en la iglesia.

El rector emitió un sonido de asfixia.

—En realidad, hay una larga historia de animales bendecidos. San Francisco, por ejemplo...

—¡Rector, por favor! —dijo Arthur para impedir que el hombre diera un sermón sobre la bendición de los animales—. Beryl, ¿no vas a hacer algo?

—¿Hacer algo? —repitió esta, pensando en lo maravilloso que era que Leo hubiera acudido a su boda, mientras empezaba a crecer en ella la más mínima esperanza de que su dueño hubiera acudido también. ¿Estaba Philip en algún lugar cercano?

—¿Lo pateo? —preguntó Arthur—. Tal vez eso haga que se vaya.

—¡Claro que no! —dijo ella, ante la idea de que su prometido pateara al animal que le había salvado la vida en el callejón. Entonces, sin importarle un bledo si se le estropeaba el vestido de satén, Beryl se agachó y levantó a Leo para cogerlo en sus brazos. Él no se resistió en absoluto, solo la miró con el alma.

—Estoy segura de que entiende la solemnidad de la ocasión —dijo ella.

—Eso es absurdo —espetó Arthur.

Y entonces, en el silencio de la conmocionada iglesia, Beryl oyó un ruido en lo alto. Miró hacia el balcón de la derecha, en el segundo nivel sobre el pasillo lateral, y lo vio.

Philip Carruthers, muy elegante con su levita negra de capitán y con Rufus a su lado, le hizo un pequeño saludo. Inmediatamente, Beryl se relajó al aflojarse el apretado nudo que la había atormentado por dentro durante toda la semana. Su capitán estaba aquí, y estaba segura de que eso solo podía significar una cosa.

Efectivamente, ante la mirada de todos los invitados, Philip soltó una gruesa cuerda que ancló alrededor de una de las elegantes columnas corintias. Bajó con la misma rapidez que el mono que ella había visto en el zoo de Londres, y aterrizó con gracia en el suelo de baldosas de la nave.

Una de las invitadas gritó, tal vez pensando que estaba siendo atacada. Entonces, la risa de Rufus resonó en las vigas mientras empezaba a subir la cuerda. Para cuando terminó, Philip había llegado al altar.

—¡No dé cuartel, lord Corsario! —gritó su primer oficial.

—¿Qué significa esto? —preguntó el rector.

Beryl miró fijamente a Philip Carruthers, dándose cuenta de que estaba sonriendo, sintiéndose relajada por primera vez en mucho tiempo.

—He venido a tomar lo que es mío —dijo Philip. Luego estropeó la seriedad de la declaración guiñándole un ojo a a Beryl. Su sonrisa no hizo más que aumentar.

—Carruthers, ¿está loco? —preguntó Arthur, que parecía especialmente nervioso, pues Beryl se dio cuenta de que Philip había venido completamente armado con espada y pistola.

—No, lord Wharton —respondió él, sin apartar la mirada de ella—. ¡Soy un pirata!

Los invitados comenzaron a murmurar. Su padre y su primo se acercaron, e incluso los padrinos de boda, aunque parecían reacios, se adelantaron como si quisieran apresar al intruso.

—Esperad —dijo Beryl, todavía sosteniendo a Leo, que parecía que iba a adormecerse en sus brazos—. Dejadle hablar. ¿Tiene algo que decir, capitán?

—Sí, lo tengo. ¿Quiere venir a vivir conmigo y ser mi amor?

—¡¿Cómo dice?! —exclamó Arthur, pero Beryl lo ignoró.

—Aunque sea un pirata, ¿hará de mí una mujer honesta? —preguntó Beryl.

Él sonrió, y ella se habría derretido a sus pies si no tuviera el gato para apoyarse.

—Lo haré, dulce dama. Si me acepta. ¿Tomará mi nombre, mi corazón, mi vida?

—Oh, sí —respondió Beryl—. Ciertamente lo haré.

Y su capitán se inclinó hacia delante, la atrajo hacia él, apretando al gato entre ambos, y la besó.

El pandemónium sobrevino por toda la iglesia.

Cuando se separaron, ella vio a Arthur palidecer, si es que era posible que se pusiera más pálido, y luego pareció casi desmayarse en los brazos de sus padrinos de boda. La voz diplomática de su padre les dijo a todos que mantuvieran la calma y se sentaran. Su primo, el conde, envió una cálida sonrisa a su esposa, Maggie, condesa de Cambrey, que estaba sentada en la primera fila, antes de encogerse de hombros. Después de todo, ¿qué podía hacer?

Mirando hacia su madre, con la esperanza de que no estuviera molesta, Beryl recibió un pequeño gesto de aprobación y luego su madre pronunció las palabras: «¡Te quiero!». Sus hermanos se pusieron al instante a hacer ruido y, a pesar de las palabras de su padre, los dos más pequeños saltaron y empezaron a cantar: «¡Beryl está enamorada de un pirata!», una y otra vez.

¡Oh, Dios!

—Si todo el mundo vuelve a nuestra casa de Cavendish Square —dijo su primo—, el banquete nupcial continuará como estaba previsto.

Los invitados que hubieran temido perderse el esplendor de la casa del conde de Cambrey y la hospitalidad de su condesa soltaron un suspiro general de alivio, y todos se pusieron en pie y comenzaron a arrastrar los pies hacia la salida.

Incluso sus padres, después de reunir a sus hermanos en una especie de fila, se fueron después de que ella hiciera un gesto de ánimo con la cabeza.

—¿Supongo que no podemos casarnos en este momento? —preguntó Philip al rector.

—No, hijo mío. Pirata o no pirata, incluso usted debe tener una licencia con los nombres correctos.

Arthur había recuperado la compostura y se dirigió a ella.

—¿Es esto realmente lo que quiere? —Señaló a Philip e incluso abarcó al gato en sus brazos.

—Sí —le dijo ella—. Lo siento mucho, lord Wharton. Espero que sea extremadamente feliz en su vida.

Él asintió y se dio la vuelta. Luego miró hacia atrás.

—¿Puede devolverme el brazalete?

—¡Oh! —Realmente, Beryl no debió de sorprenderse—. Por supuesto. —Además, ahora recordaba que tendría un montón de regalos que devolver. ¡Qué molestia!

Dejó a Leo a sus pies, sabiendo que no debía entregárselo a Philip. Extendió su muñeca a Eleanor, que había permanecido en silencio detrás de ella todo el tiempo, Beryl dejó que su mejor amiga le quitara el brillante grillete. Luego se lo entregó a Arthur. Sin decir nada más, se marchó junto con sus amigos.

Había tenido mucha suerte. Arthur podría haber convertido esto en una fea escena, o haberla atacado verbalmente a ella, a Philip o a sus padres.

—Se comportó como un verdadero caballero —murmuró ella.

—¡Bah! —dijo Philip.

—¿Bah? —preguntó Beryl, dejando que él tomara su mano y la pasara por debajo de su brazo mientras empezaban a seguir a los rezagados fuera de la iglesia.

—Se comportó como un hombre cuyo corazón apenas estaba involucrado —dijo Philip—. De lo contrario, habría luchado conmigo. Ciertamente, lo habría hecho.

Ella soltó una risita ante su tonta forma de expresarse.

—¿Cuál de los dos habría ganado?

Él volvió a sonreír.

—Sin duda, me habría golpeado a mí mismo hasta perder la vida por ti.

A mitad de la nave, Beryl se detuvo, y sus damas de honor, con Eleanor haciendo una pausa para saludarla alegremente, continuaron saliendo por las puertas dobles del vestíbulo.

Al fin se quedaron solos.

—Ahora puedo besarte como es debido —le dijo.

Acunando su cara entre las manos, Philip se inclinó y reclamó sus labios en un beso que hizo que Beryl chisporroteara hasta los dedos de los pies.

Cuando él se retiró, ella suspiró.

—No podría haber pasado sin eso el resto de mi vida.

Él asintió.

—Y hay mucho más que experimentar. Empecemos de una vez, ¿de acuerdo?

De buena gana, ella caminó a su lado, dispuesta a acompañarlo y a dejarse embelesar.

—¿A dónde me llevas?

—¡A nuestro barco, por supuesto!

¡A nuestro barco! Le gustaba cómo sonaba eso. Ella haría su hogar donde él estuviera.

—¿Por qué te has vestido así, como si fueras a navegar? ¿Y por qué ibais armados?

Philip se rio.

—Para mostrar a todos que era un verdadero pirata, por supuesto.

—Siempre supe que lo eras —le dijo ella.

Beryl miró hacia atrás solo por una razón, para asegurarse de que Leo la seguía, pues era casi tan querido para ella como su dueño.

⁂

A BORDO DEL ROBERT, Beryl descubrió enseguida que el señor Churley había cumplido con su deber de primer intendente. Aunque no se atrevieran a dar la cara en su desayuno nupcial, ella y Philip tendrían mucha comida y vino, ¡e incluso champán! Se sentaron en la galera para romper el ayuno, comiendo todo lo que no tenían que cocinar: pan crujiente y mantequilla, queso, cebollas encurtidas, manzanas en rodajas, jamón frío y champán.

—Ni un trozo de pan duro a la vista —observó Beryl, agradecida.

—Nunca cuando estamos a poca distancia de una panadería —confesó Philip.

Lo único que faltaba era el suave balanceo del casco en el agua, pero un barco no se balanceaba en dique seco.

Philip le aseguró que eso se arreglaría muy pronto, ya que el camarote del padre de Beryl estaba a punto de ser terminado, y entonces el Robert se pondría en marcha de nuevo.

Mientras tanto, cogiendo el champán abierto, su capitán estaba ansioso por llevarla a su camarote. Su camarote, o así sería cuando se casaran.

Beryl pensó que su afán era por razones obvias, pero cuando abrió la puerta del camarote y la hizo pasar, vio cambios que la deleitaron.

Una alfombra, cortinas, un armario más grande que sustituía al viejo y pequeño, una segunda silla cómoda en la mesa, que a su vez era más grande y lucía con un mantel. Y en medio de todo esto estaba el candelero.

Beryl se volvió hacia Philip.

—¿Has hecho todo esto por mí?

Él asintió, colocó la botella y su vaso sobre la mesa, y se quitó la levita, la cual dejó sobre el respaldo de una silla.

—Lo hice. Solo que no me di cuenta al principio. —Beryl lo observó mientras él dejaba su espada y su pistola sobre la mesa antes de quitarse las botas—. No hasta que se lo enseñé ayer a Rufus, y él se rio de mí por crear un nido de amantes sin tener pareja.

—Es perfecto —proclamó ella, dejando su propio vaso.

—Lo es ahora que estás aquí.

Antes de que ella pudiera reaccionar, él la levantó y la tumbó en el catre y luego se estiró a su lado.

—Un cobertor nuevo —notó ella, acariciando su mano sobre el satén azul intenso.

Con una sonrisa irónica, él le acarició el brazo.

—Sí, y sábanas y almohadas nuevas y una toalla en el lavabo, pero si vas a recitar una lista de todo lo nuevo que hay aquí, nunca llegaremos a la mejor parte.

—¿Cuál es? —preguntó ella, desconcertada.

—Tú. Ha pasado mucho tiempo desde que te acostaste en mi catre, mi amor, y la primera vez que me acosté en él contigo.

—Eso es cierto. Antes, solo tenía a Leo. Por cierto, ¿dónde está él?

—Está por aquí —prometió Philip—. Por una vez, no vamos a pensar en ese maldito gato.

—Ese gato perfectamente adorable, valiente, intrépido y blando.

—Esos son términos que debes usar para mí —protestó Philip—. Excepto la parte blanda.

Ella tuvo que decírselo.

—Sí pienso todas esas cosas de ti, excepto la parte blanda. Creo que eres un hombre magnífico. Lo pienso desde que me rescataste la primera vez.

—¿De verdad? —preguntó él, con las cejas juntas.

—Bueno, tal vez no en el primer momento. Pero no me obligaste a usar un agujero junto al bauprés, que todavía no tengo ni idea de lo que es, y me compraste un vestido limpio. Solo tuve la precaución de enamorarme —profundamente— de un pirata.

Se miraron fijamente un largo momento.

—Mentí —dijo él, haciendo que el corazón de ella se acelerara.

¿Ya estaba casado? ¿Enamorado de una moza de taberna?

—¿Qué? —preguntó Beryl, deseando que su voz no hubiera salido débil y entrecortada por el miedo.

—Soy totalmente blando en un aspecto. Mi corazón está lleno de amor por ti. Cualquier cosa que me pidas, la haré si soy capaz. Pasaré el resto de mis días, en el mar y en tierra, amándote.

Hizo una pausa, arruinando la conmovedora gravedad de sus palabras, al añadir:

—Me gustaría comenzar el aspecto físico de inmediato.

—No estamos casados —señaló Beryl, queriendo oírle declarar su ferviente deseo por ella, su incapacidad para esperar a consumar el amor entre ellos.

—Lo estaremos —replicó él—, mientras estés dispuesta a casarte con un capitán de barco.

—La espera es solo de quince días —le recordó Beryl.

—La espera es una eternidad —dijo él, y luego gimió y rodó sobre su espalda—. Tienes razón, por supuesto. Te mereces estar legalmente casada antes...

—¿Antes? —dijo ella, preguntándose qué palabras utilizaría él para el glorioso acto.

—Antes de hacerte el amor como es debido.

—¡Bah! —dijo ella.

—¿Bah? —Philip se sentó de nuevo, apoyándose en el codo y mirándola, con la alegría bailando en sus ojos oscuros.

—Si eres un pirata, que creo que lo eres, será mejor que empieces con el saqueo, ¿no es así?

Philip echó la cabeza hacia atrás y se rio. Se rio hasta que las lágrimas aparecieron en sus ojos.

Beryl esperaba que no se estuviera riendo de ella, porque tenía muchas ganas de ser saqueada en ese momento. De hecho, había estado pensando en ello desde que se asomó por primera vez a la iglesia y lo vio con su elegante atuendo de pirata.

—Beryl, eres una joya rara más allá de cualquiera. Y es un privilegio para mí saquear a mi futura novia.

Capítulo 19

Tomándoselo con la misma calma que la melaza vertida sobre un bizcocho en un día de frío, Philip le quitó el vestido de novia de raso, la ropa interior de volantes y el flamante y ajustadísimo corsé. Gracias a Dios.

Beryl quiso frotar su piel dolorida, e incluso rascarse un poco, pero se contuvo. Eso no sería muy femenino ni tentador.

En lugar de eso, se deleitó en la forma en que él la miraba, en las exclamaciones de cariño cuando descubría más y más de ella a su mirada hambrienta.

Sí, el amor apasionado y el deseo le iban a gustar mucho más que el tibio acuerdo que había tenido con Arthur.

Que Philip la desnudara la excitó gloriosamente. Sin embargo, se sintió mucho más interesada cuando él se quitó su propia camisa para revelar un amplio pecho con pezones planos y una mata de pelo oscuro. *Umm...*

Y los músculos de su estómago atrajeron las manos de ella hacia su cuerpo de inmediato, sin poder evitar tocarlo, incluso cuando eso provocó un aleteo en sus caderas.

Se quedó aún más fascinada cuando él se quitó los pantalones y...

—¡Caramba! —exclamó ella, cerrando la mano al instante en torno a su eje rígido cuando este se liberó—. ¿Cómo diablos has guardado eso ahí dentro? ¿Por qué los hombres no llevan pantalones más grandes?

Él no parecía capaz de hablar, arrodillado junto a ella en el catre, con los ojos cerrados mientras ella exploraba su cuerpo.

Finalmente, él extendió su mano y detuvo su toque.

—Amor, debes parar, o habremos terminado antes de empezar.

—No tengo ni idea de lo que quieres decir. Mira. —Ella señaló la gota de líquido en el extremo de su hombría.

Su risa sonó dolorosa. Entonces, empujándola sobre la cama, sin demora, Philip cubrió su boca con la suya. Su beso, como de costumbre, comenzó con una simple unión de bocas, y luego su lengua entró en los labios abiertos de ella y comenzó a explorar.

Ella chupó suavemente el merodeador invasor, disfrutando de la sensación de sus manos en su piel. Y entonces, como había sucedido cuando él entró en su dormitorio semanas antes, pudo sentir la humedad que se acumulaba entre sus muslos.

—Creo que estoy lista.

Silencio.

—¿Philip?

Él suspiró.

—Deja que te ame. Recuerda que soy yo quien hace el saqueo.

Ella soltó una risita, pero dejó de hacerlo en cuanto él empezó a besar su piel sensible, atrayendo sus pezones a su boca caliente, uno tras otro, antes de bajar a soplar sobre sus rizos húmedos.

De hecho, cuando él le separó las piernas y acercó la cabeza de su pene a su abertura, ella apenas podía respirar.

—Deprisa —dijo Beryl, clavando los dedos en sus nalgas, tirando de él hacia ella.

—Te dolerá un poco —le advirtió él.

—Oh, entonces no te apresures. Solo...

Philip entró en ella, deslizándose en la zona de su cuerpo que palpitaba de necesidad.

—Ay —dijo Beryl.

Él se congeló.

—¿Duele mucho?

—No. Puedes continuar.

Sin embargo, él no se movió.

—De verdad —le aseguró ella—, ya no me duele. Continúa.

Él se rio suavemente.

—Esto es lo más extraño...

—Por favor, no me digas que me estás comparando con otras mujeres con las que has hecho el amor. O perderé todo el entusiasmo por esta empresa.

—Por supuesto que no. —Philip dejó caer un beso en sus labios, uno largo y sin prisas, incluso cuando ella podía sentir su hombría palpitando ferozmente en su interior.

Mientras él tiraba de su labio inferior con los dientes, Beryl se dio cuenta de que el pulso entre sus muslos coincidía con el latido del corazón de él presionado contra el suyo.

¡Qué maravilla!

Al levantar la cabeza, los ojos oscuros de Philip brillaban de deseo, ¿o era el brillo del amor?

—Solo iba a decir que este es el saqueo pirata más extraño y educado que jamás haya existido. Estoy seguro de ello —insistió él—. Y ahora que sé lo que se siente, te prometo que nunca he hecho el amor antes.

Ella sonrió, inclinando las caderas en señal de invitación para que él comenzara a moverse de nuevo. Ahora deseaba con más urgencia la embriagadora y excitante sensación que él le había proporcionado en su dormitorio.

Él se deslizó más en su canal caliente, y ella jadeó ante la plenitud. Luego se retiró, y ella volvió a jadear cuando su cuerpo pareció apretarlo y aferrarse a él, provocando una deliciosa sensación de tirón.

Con fáciles movimientos de las caderas, Philip repitió la acción, deslizándose dentro y fuera, y ella rodeó su espalda con las piernas, agarrando con sus manos los anchos hombros de él.

Jadeante y mareada, la liberación que buscaba estaba fuera de su alcance, hasta que él deslizó su mano entre sus cuerpos y tocó el centro de su deseo, el botón palpitante que él había acariciado cuando la tocó por primera vez en su propia cama.

Eso la catapultó al cielo, mientras su placer se tensaba y luego se expandía con la dichosa liberación.

Gritando, se aferró a él, sintiendo cómo su cuerpo se tensaba bajo su tacto, y entonces, tras un rápido movimiento que la llenó por completo, él emitió un sonido gutural y excitante de absoluta masculinidad. Ella sintió que él derramaba su cálida semilla en su vientre, y luego se acomodó un momento encima de ella, con el cuerpo acalorado y la piel húmeda.

Cuando Beryl estaba a punto de pedir aire, Philip se quitó de encima de ella, y se acostaron el uno al lado del otro mirando el techo de la cabina.

Después de un momento, ella dijo lo primero que se le ocurrió a su cerebro agotado.

—Me alegro mucho de haber sido secuestrada y de que me hayas salvado.

Sin palabras, él la atrajo entre sus brazos, tiró del cobertor sobre ellos y la llevó con él a un sueño profundo y tranquilo.

Un insistente arañazo en la puerta del camarote le despertó, y Philip pudo ver, por la luz menguante de los ojos de buey, que habían dormido todo el día.

Ayer había imaginado que pasaría ese día en el fondo de una botella de brandy, sabiendo que Beryl estaba de luna de miel. En cambio, lo había pasado acurrucado alrededor de la mujer que amaba. ¡Un milagro!

El sonido de las garras se hizo más insistente. El gato tenía hambre o tal vez sed, ya que Philip no se había acordado de poner un cuenco de agua. O, más probablemente, Leo solo quería molestarlo.

—Será mejor que le dejes entrar —dijo Beryl a su lado—, antes de que arruine la puerta.

—¿Por qué no lo haces tú? —sugirió él—, y yo te observo.

Beryl se rio, un sonido encantador.

—Si tiene hambre, no es el único. Yo estoy hambrienta —declaró ella.

Y, tal como debería hacer la mujer de un pirata, se levantó de la cama completamente desnuda y caminó por la alfombra nueva hasta la puerta del camarote, dejando que Philip le contemplara el trasero. Nunca se cansaría de esa vista en particular.

Beryl abrió la puerta solo unos centímetros y Leo entró, corrió por la alfombra y saltó directamente sobre la ropa de cama enredada. Entonces, el animal se quedó quieto.

—Creo que esperaba que tú estuvieras en la cama, no yo —dijo Philip.

Ella sirvió el poco champán que quedaba y volvió a caminar hacia él, sabiendo claramente que tenía toda su atención.

Le entregó una copa a Philip y se subió al catre. El gato se relajó y se acomodó en un cálido y redondo ovillo entre ellos.

Beryl soltó una risita.

—Supongo que no tenía hambre, pero yo sí.

—Eres insaciable —declaró Philip.

—Me refería a la comida —aclaró ella, dando un sorbo al líquido, ahora caliente, e hizo una mueca.

Él le quitó la copa.

—Estoy y estaré siempre a tu servicio.

Al levantarse de la cama, él sabía que ella estaba mirando su trasero, pero solo por un momento antes de que se pusiera los pantalones.

—Oh —protestó Beryl.

—No voy a ir a cubierta sin mis pantalones. Pero seré rápido. Me temo que hasta que la cocinera suba a bordo, la comida será más de lo mismo.

—¿Y el té? —preguntó ella.

—Si puedes esperar un minuto, encenderé la estufa, pero te advierto que puedo quemar mi barco hasta el timón. Tengo un barril de agua fresca, así que podemos tomar el té, y sé que tengo una libra de pastel de sultana. ¿Qué tal si comemos un poco, y luego te llevo a casa antes de que tu familia piense que has sido secuestrada de nuevo?

Contento de poder proporcionarle el té que a ella tanto le gustaba, Philip se apresuró a salir del camarote. Cuando volvió, Beryl estaba vestida, aunque se dio cuenta de que había dejado algunas capas de ropa en el suelo del camarote.

Philip puso el pastel y el té sobre la mesa y le acercó la silla.

Como si ambos fueran faros de la sociedad civilizada, ella asintió con un gesto de gratitud, tomó asiento y dejó que él la empujara. Él solo se detuvo para ponerse la camisa.

Comieron y bebieron en cómodo silencio durante un momento, y él esperaba fervientemente que ella no se arrepintiera.

—En caso de que te lo preguntes, hoy mismo iré a un magistrado y obtendré una licencia —dijo Philip.

Ella asintió con la cabeza, masticando pensativa.

—Y también iré a ver a tu padre —añadió él—, y le pediré formalmente su bendición.

Beryl se encogió de hombros.

—Parece un poco tarde para eso, pero sería respetuoso.

—¿Y estarías dispuesta a venir de viaje conmigo?

Los ojos de Beryl se abrieron un poco más.

—Siempre que no vayamos a Oriente.

—Nunca más —prometió Philip—. Ni siquiera si la propia reina Victoria me lo pide.

Eso le provocó a Beryl una brillante sonrisa.

—Es todo tan diferente de la vida que esperaba… —musitó ella, y sus palabras cortaron la felicidad de Philip.

—Lo siento —dijo él con el corazón desgarrado, porque ella parecía estar expresando su arrepentimiento.

—No, no lo sientas. Me has malinterpretado. —Beryl dejó su taza de té con un golpe—. No puedo decirte lo mucho que me alegro de no tener que hacer lo que estaba previsto para mí. La sensación de asfixia que me hizo ir con mi padre en su largo viaje ha desaparecido por completo.

Él la miró fijamente, con su pelo completamente suelto alrededor de los hombros, su vestido arrugado, sus ojos brillantes, bebiendo té, comiendo pastel... con aspecto de estar satisfecha.

—No puedo prometerte que tendrás algo parecido a la vida de una vizcondesa —le dijo Philip—, pero puedo prometerte que será una aventura.

—No esperaba menos de lord Corsario.

Philip sintió el familiar calor de la vergüenza.

—Ahora, ¿me dirás por qué tus hombres se llaman así?

Él no pudo evitar poner los ojos en blanco.

—Cometí el error de contarle a Rufus un juego que mi hermano y yo jugábamos de pequeños en Newquay. Por supuesto, siempre fingíamos ser piratas, construyendo barcos con cualquier madera que tuviéramos y pidiendo tela a nuestra madre para las velas. Queríamos ser sanguinarios y audaces, como los corsarios de Berbería. Parecía que durante un siglo o más habían controlado los mares. Nos aprendimos todas las historias que pudimos, y las encontramos todas fascinantes.

De hecho, solo entonces Philip recordó una en particular.

—Acabo de recordar que un corsario inglés llamado Henry Mainwaring fue incluso nombrado caballero en el siglo XVII.

—Igual que tú —interrumpió ella.

Él se rio.

—Ese sí que era un capitán con un buen apodo, el Temible Pirata.

Ella ladeó la cabeza y lo consideró.

—No te quedaría bien. —Se metió en la boca otro bocado de pastel de sultanas con mantequilla—. Suena más cómico que terrorífico. Por favor, continúa.

—¿Más cómico que terrorífico? —repitió él, acercándose a ella para quitarle una miga de los labios—. De todos modos, mi padre se convirtió en baronet por designación de la reina, y Rufus se deleita en burlarse, en conjurar a un dandi que intenta ser un corsario brutal.

—Pero tú no eres un dandi remilgado. Lo sé. He conocido a unos cuantos.

Philip no quiso pensar ni por un momento en los hombres que Beryl había conocido antes que él, aunque fuera en una pista de baile. Agarrándola del brazo, tiró de ella hasta que se puso de pie, y luego la arrastró a su regazo.

—Entonces, ¿qué soy yo?

Ella le tomó la cara entre las manos y él supo que podría mirar fijamente sus ojos de cervatillo para siempre.

—Oh, eso es sencillo —dijo Beryl—. Eres un pirata, por supuesto.

Y ella se inclinó para reclamar sus labios y le saqueó la boca como solo *lady* Corsaria podía ha.

Épilogo

Un año después

—Tengan cuidado —gritó Beryl, esperando que el viento no arrastrara sus palabras al otro lado de la cala.

Luego sacudió la cabeza. «No tiene sentido».

Dos de sus hermanos menores estaban chapoteando en el agua con Philip, que había construido un velero para que aprendieran por turnos a «aproar al viento», como decía su hábil marido. Ya les había enseñado a nadar a todos durante una visita anterior, incluidas sus dos hermanas, que estaban sentadas al borde del agua con su hermano menor.

Sus padres estaban en algún lugar del otro lado de la península pasando un día tranquilo, algo que Beryl no les envidiaba en absoluto.

Philip se acercó saltando por la playa hacia donde ella estaba preparando un picnic junto a Leo, que tomaba el sol en un extremo de la mesa que su marido y sus hermanos habían arrastrado a la arena.

—¿De qué, por el amor de Dios, tenemos que tener cuidado, mujer? —preguntó él, con alegría en sus queridos ojos oscuros.

Ella se encogió de hombros.

—No quiero que salgan demasiado lejos por si....

Philip puso las manos en sus caderas.

—¿Por si hay piratas en la cala?

Beryl le ofreció una sonrisa.

—Ya hay uno aquí mismo, en la playa —se burló ella, pero dirigió su mirada más allá de él, hacia sus hermanos.

Philip le quitó la jarra de limonada de la mano y la puso junto al gato, que abrió los ojos, siseó y se estiró perezosamente entre la pila de platos, aunque ella había puesto la cesta de pan y los embutidos en el otro extremo. Leo volvió a cerrar los ojos.

—Eso es bastante asqueroso —comentó su marido—. Habrá pelos en la comida.

Luego la tomó en sus brazos.

—Vamos, *lady* Carruthers —pues así se le llamaba a la esposa de un caballero, algo que él no se cansaba de decir—. Sueles ser intrépida. ¿Qué te pasa?

—Es solo que todo es tan perfecto… —confesó ella—. Quiero que siga así. Mi familia es muy feliz. Gracias. —Apretó su mejilla contra el pecho de él.

Este no era el primer viaje de los Angsley a la casa de Newquay de ella y Philip. Para esta visita de dos semanas a la costa de Cornualles, su familia había llegado en tren una semana antes. Sus padres habían alquilado una casa de campo cercana, aunque sus hermanos y hermanas pasaban la mayor parte del tiempo en su casa, y solo volvían a su casa alquilada para dormir.

Y, en cualquier caso, pasaban casi todo el tiempo en la playa, y cuando no lo hacían, estaban explorando las cuevas o volando cometas.

Philip había hablado de ampliar la casa de su infancia cuando la llevó por primera vez a Cornualles. Entre la familia de ella y la de él, parecían tener siempre visitantes que querían disfrutar de unas vacaciones junto al mar.

Beryl había protestado. Porque cuando no vivían en el Robert, llevando a su padre de un lado a otro de España, su casa en la costa parecía casi un palacio. No había imaginado que necesitaría ser más grande.

Sin embargo, Beryl sabía ahora que las cosas iban a cambiar pronto. No sabía por qué se había guardado el glorioso secreto. Tal vez fuera el ajetreo de la limpieza y la preparación de la visita de su familia. O tal vez era solo que decir algo en voz alta lo haría real, y entonces sus vidas se alterarían irremediablemente.

Sin embargo, de repente, ya no podía guardárselo para sí misma.

—No he vuelto a tener mi flujo mensual —murmuró contra el cálido cuerpo de su marido.

Sintió que Philip se quedaba completamente quieto. Luego, sus brazos se tensaron, incluso cuando se retiró y la miró.

—¿Qué has dicho?

—Ya no lo tengo. —Por fin lo había dicho claramente.

Él hizo una pausa, con una miríada de emociones revoloteando por su apuesto y bronceado rostro.

—¿Quieres decir que estás embarazada de nuestro hijo?

—Eso es lo que suele significar. —Beryl le ofreció una sonrisa tentativa—. *Promptus et fidelis* —añadió. El lema se había convertido en su mantra desde que se casó con este maravilloso hombre.

—¡Pues húndeme! —exclamó él.

Echando la cabeza hacia atrás como si estuviera bramando hasta la cofa, Philip gritó:

—¡Un hijo! ¡Mi hijo! —Luego la miró de nuevo y sonrió, haciendo que su interior entrara en una espiral de anhelo y amor.

—Nuestro hijo —susurró Philip—. El más afortunado de la tierra.

Al instante siguiente, la levantó de sus pies y la acunó contra su pecho. Beryl siempre se sentía segura entre sus fuertes brazos y a menudo acariciaba sus esculpidos músculos cuando se tumbaba a su lado durante las apacibles y saladas noches en el mar o en casa; brazos destinados a construir barcos e izar velas y a llevarla hasta la cama cuando le hacía el amor y llevarla a...

¿Llevarla al agua?

—Nuestro hijo amará el océano como yo —dijo su alegre capitán.

—¡Philip! —gritó Beryl mientras él se adentraba con ella en el suave mar.

El agua fresca contrastaba con el cálido sol, haciendo que ella se aferrara a él y se estremeciera.

—¡Estás loco!

Oyó las risas de sus hermanos y luego la respuesta burlona de su marido.

—No, *milady*. Soy un pirata.

Nota del autor

¡Ahoy, compañeros! Todos los piratas chinos que se mencionan por su nombre en este libro son reales, incluidos Chui-A-poo, Shap-ng-tsai y la poderosa pirata femenina Ching Shih —una dama muy mala—. Además, el pirata americano Eli Boggs y el corsario británico Henry Mainwaring, que en su día estaban vivos y ahora están muertos, son reales.

En realidad hubo una batalla de tres días en Hai Phong. Y Chui-A-poo fue al fin traicionado por sus propios piratas, quizá porque mi conde de Cambrey y el capitán Philip Carruthers les pagaron. Chui fue entregado a los británicos y luego se ahorcó en su celda en lugar de ser enviado a Tasmania, lo que no dice mucho de Tasmania en el siglo XIX, supongo.

Las perlas grises de María Antonieta fueron realmente enviadas a Inglaterra por la esposa de un embajador y convertidas en un collar para una novia de la familia Sutherland. Si lo buscáis en Internet, veréis lo espléndido que es y lo difícil que fue captar su belleza con palabras.

Por último, Leo era un gato de verdad, mi querido gato, un Maine Coon naranja con el que tuve el honor de convivir durante dieciocho años. Un excelente compañero al que echamos mucho de menos.

Espero que hayáis disfrutado de mi cuento de piratas de la época victoriana. Me lo he pasado muy bien escribiéndolo. Ahora, ¡leven anclas!

Más libros del autor

PRECUELA:
SERIE CORAZONES DESAFIANTES

Una propuesta intrigante

Un chantaje insidioso, la amenaza de una ejecución hipotecaria y un compromiso falso, ¡todo en una semana!
Elise Malloy hará cualquier cosa para proteger a su bien educada familia de Boston, ¡incluso casarse con un extraño! Frente a una deuda abrumadora y amenazada por el hombre en el que confiaba, ella lucha para salvar su casa de la ruina y a su querido hermano de la desgracia.

¡Qué desastre!
Hace tiempo el banquero Michael Bradley hizo lo impensable. Humilló a la mujer que admiraba. Ahora, él solo quiere hacer las paces ayudándola a salir de una situación difícil y contarle las verdaderas intenciones de su corazón.

Una vieja venganza que saldar.
Cuando Michael ve que un hombre sin escrúpulos quiere destruir a la familia Malloy, y atrapar a Elise en un matrimonio sin amor, hace lo impensable para ayudarles.

Pero, ¿puede Michael convencer a Elise de que acepte su propia Propuesta intrigante?

PARTE I: SERIE CORAZONES DESAFIANTES

Una situación inapropiada

Una situación inadecuadate transporta al emocionante, y a veces peligroso, Beacon Hill. El corazón del brillante Boston victoriano.

Una misión con un final que no esperaban.
Cuando el abogado de Boston Reed Malloy, viajó en tren para llegar a una ciudad polvorienta de Colorado, no pensó con encontrarse con el rechazo de la señorita Charlotte Sanborn. Una mujer que usa su independencia como una armadura, oculta su identidad detrás de su seudónimo y se niega rotundamente a criar a sus primos huérfanos.

¿Cómo se atreve este hombre a entrar a su casa y esperar que reorganice su vida?

Charlotte no arriesgará más su corazón, no después de tener que criar sola a su hermano y verlo marchar. Entonces, ¿por qué estos niños y este apuesto hombre despiertan un anhelo por algo más en su minuciosa vida?

Algo lo cambia todo...

Tras descubrir que su corazón puede llegar a mar, Charlotte decide arriesgarse y entregarse a ese hombre. Hasta que una noche ante ellos aparece una mujer que lo cambiará todo.

Secretos y mentiras saldrán a la luz, sir. que Reed y Charlotte puedan escapar de una situación inadecuada.

PARTE II: SERIE CORAZONES DESAFIANTES

Una tentación irresistible

Sophie Malloy, huye de un problema para meterse en otro devastadoramente sexy.

Tras verse obligada a dejar Boston, se encuentra cubierta de tierra y tendida a los pies de un hombre con una sonrisa que la exaspera y la llena de deseo. Aún así, no está dispuesta a olvidar su sueño de llegar a la bulliciosa y brillante bahía de San Francisco.

Riley Dalcourt se sorprende ante la atracción que siente ante esta desconocida.

Una belleza de temperamento dulce que llega a su vida de forma inesperada, trastocándolo todo. Pero su vida ya está planificada hasta el más mínimo detalle. Incluso ya ha elegido a la mujer con la que se supone que debe casarse.

¿Es este un verdadero amor por el que vale la pena luchar o simplemente una tentación irresistible?

PARTE III: SERIE CORAZONES DESAFIANTES

Una atracción ineludible

De todos los vagones, ¡tenía que estar en este!
Thaddeus Sanborn siempre ha amado a Eliza hasta el momento en que aceptó casarse con su mejor amigo y le destrozó el corazón. Él se dirigía al oeste para reclamar su fortuna y ella era la última persona que espera encontrar en el tren, huyendo de un jugador que pretendía matarla.

Ella jugó con el hombre equivocado.
Después de un año vagando sin rumbo para intentar olvidar sus abrasadores besos, Eliza Prentice, con cara de ángel y lengua afilada, se topó con algo que no esperaba. Una jugada de póquer hizo que su vida corriera peligro, y el destino quiso que volvieran a encontrarse.

Todo o nada, demasiado en juego!
Trenes de vapor, caballos veloces e incluso un elegante barco fluvial mantienen a esta pareja en movimiento, mientras intentan evadir a hombres peligrosos y mujeres sin remordimientos.

Toda una aventura para Eliza y Thaddeus que además tendrán que luchar en contra de sus sentimientos y de un pasado que cada vez parece más cercano.

PARTE IV: SERIE CORAZONES DESAFIANTES

Un engaño inconcebible

Ella lo había amado y lo había perdido, ¿o no?
Tras casarse en secreto, el destino quiso que perdiera de forma repentina al hombre de sus sueños. Ahora, la alegre chica de la sociedad bostoniana Rose Malloy, promete no volver a amar. Sumida en la tristeza y la

soledad, conocerá a un hombre especial dispuesto a capturar su frágil corazón.

¿Qué puede hacer él para hacerla sonreír de nuevo?
William Woodsom fue testigo de cómo la brillante mujer que había deslumbrado a la élite de Boston se retiró de la vida pública, y como la luz se apagó de sus ojos. Decidido a volver a hacerla sonreír, estará dispuesto a todo, menos a ocupar el segundo lugar en su corazón.

Una bendición o una maldición…
Cuando el pasado resurge, trayendo mentiras, conspiración y asesinato, Rose descubre que su mundo se desmorona por segunda vez en su joven vida. Guardar secretos ya no es un juego.

¿Puede Rose evitar más angustias, no solo para ella sino para el hombre que ama, o su futuro será destruido por un engaño inconcebible?

PARTE V: SERIE CORAZONES DESAFIANTES

Una redención apasionada

Una mujer hecha a sí misma, Josephine Holland no responde ante nadie.

Como propietaria de un exitoso salón y burdel, Jo mantiene a las mujeres fuera de las calles. A diferencia de sus chicas, ella no necesita ni quiere ningún hombre. Es decir, hasta que conoce a Jameson Carter, perversamente atractivo e intrigante.

Jameson Carter juega para ganar.
Desde lo alto de su bullicioso barco fluvial, Jameson gobierna lo que ve, y tiene la vista puesta en una dama deliciosa. Sus probabilidades de ganar el afecto de Jo van en su contra, hasta que una sucesión de eventos pone en peligro, no solo a su corazón, sino sus vidas.

Un enemigo desconocido lleno de rencor y con un gatillo fácil.
Con sus vidas en peligro, Jameson espera superar las abservidades y conseguir el premio. ¿Puede Jo interpretar a Lady Luck y salvarlos a ambos o el destino ha lanzado los dados contra ellos? *Descúbrelo en Una Redención Apasionada.*

Información sobre la autora

Autora de éxitos de ventas en *USA Today* Sydney Jane Baily escribe novelas románticas históricas ambientadas en la Inglaterra victoriana y de la Regencia. Ella cree en historias de felices para siempre con personajes atractivos y atención a los detalles de la época.

Nacida y criada en California, ahora vive en Nueva Inglaterra con su familia.

En su sitio web, SydneyJaneBaily.com, puede obtener más información sobre sus libros, leer su blog, suscribirse a su boletín (y obtener un libro gratis) y ponerse en contacto con ella. Le encanta escuchar a sus lectores.

www.ingramcontent.com/pod-product-compliance
Lightning Source LLC
Chambersburg PA
CBHW071219210726
48293CB00002B/494